無明
警視庁強行犯係・樋口顕

今野 敏

幻冬舎文庫

無明

警視庁強行犯係・樋口顕

1

「係長、お疲れ様でした」

そう樋口顕《ひぐちあきら》に声をかけた、藤本由美《ふじもとゆみ》巡査部長の顔も疲れていた。

ほぼ徹夜で張り込みを続けていた強盗殺人の被疑者の潜伏先に、夜明けと同時に踏み込んだ。

身柄を確保して家宅捜索。

品川署の捜査本部から警視庁本部に、ようやく引きあげてきたところだった。

交替制の任務なら、夜勤の当番が終われば、明け番で帰宅できる。だが、日勤の刑事はそうはいかない。

エレベーターを待っていると、樋口は遠藤貴子《えんどうたかこ》に声をかけられた。彼女は、東洋新聞社会部の記者だ。

「すいません。ちょっとお話があるんですが……」

普通、記者はこんなことは言わない。たいていは、カマをかけるように、具体的な事案のことを尋ねるのだ。

樋口はこたえた。

「話って何だ？」

「千住《せんじゅ》署の事案について、ちょっと……」

「千住署……？」

樋口は眉をひそめた。

どういうことか理解できなかった。樋口は、千住署が抱えている事案などに関わってはいない。

過去のことを言われると、どうかわからないが、記憶にはなかった。

「そうなんです。河川敷で発見された水死体の件です」

「いつの話だ？」

「三日前のことです」

「捜査本部が明けたばかりなんだ。そんな事案のことは知らない」

本当に知らなかった。新聞をまともに読む暇もなかったのだ。

樋口のそばには藤本ら係員たちがいたし、エレベーター待ちの人が次第に増えてきていた。

貴子はそれを気にしている様子だった。

「係長からお話を聞き出したいわけじゃないんです。ご相談があるんです」

樋口はそっけなく言った。

「何だか知らんが、俺たち捜査一課は暇なしでな」

周囲の眼が気になったからだ。

エレベーターがやってきて、樋口はそれに乗り込んだ。貴子は乗ってこない。

ドアが閉まると、やれやれと樋口は思った。


捜査本部でずっといっしょだった天童隆一《てんどうりゅういち》管理官が樋口に言った。

「ヒグっちゃん、ご苦労だった。長丁場だったな」

品川署にできた捜査本部の開設期間は、二週間に及んだ。捜査員たちは、まともに風呂にも入れないので、捜査一課殺人犯捜査第三係、通称「樋口班」の周辺は、体育会の部室のような臭いがしている。

紅一点の藤本由美もすっかりその臭いに慣れてしまっている様子だった。

「無事に、被疑者を確保できてほっとしました」

「今日のところは、樋口班の出動はないから、しばしのんびりしてくれ」

「我々は捜査一課ですからね。何かあれば、すぐに飛んでいきますよ」

天童管理官が笑った。

「いいから、今日は休んでいろ」

樋口は、礼をして天童のもとを離れた。

席に戻ったが、パソコンを立ち上げる気にもなれない。やらなければならない書類仕事はたくさんある。

係長ともなると、現場に駆けつけなければならない一方で、けっこうな量の決裁の書類や伝票なども片づけなければならない。

どうしても、それらの書類に向かう気になれず、しばらくぼんやりとしていた。

藤本由美巡査部長が、自分の席から樋口に声をかけた。

「考え事ですか?」

「ああ、まあな……」

実は何も考えていなかった。

「遠藤さんが言っていた件ですか?」

「遠藤さんが言っていた件？」

藤本は、自分のノートパソコンを手に席を立ち、係長席にやってきた。そして、パソコンのディスプレイを樋口に向けた。

「おそらく、この事案だと思います」

樋口は、そこに書かれている文字を眼で追った。

「荒川の河川敷……。千住署は自殺と断定したんだな」

「そのようです」

樋口はディスプレイから眼を上げ、藤本の顔を見た。

「この事案がどうしたというのだろう……」

「さあ……。よくある事案ですけど……」

樋口は、その言い方が少しばかり気になった。

事件は毎日起きる。だから、警察官や報道関係者は「またか」と思う。そして、ありふれた事件だ、などと考えることもある。

だが、事件の当事者にとってみれば、ありふれていようが特殊であろうが、たいへんな出来事に違いないのだ。

警察官は、仕事には慣れなくてはならない。だが、決して事件や事故に慣れてはいけないのだと、樋口は思っている。

警察官にとっては日常でも、被害者や遺族にとってみれば、一生の一大事なのだから。

だが、樋口が藤本をたしなめるようなことはなかった。口うるさいのは、もともと趣味ではない。いつか、本人が気づき、反省してほしいと思うだけだ。

「川で発見された水死体……。たしかに、不幸な出来事だが、おまえが言うとおり、珍しいことではない」

「遠藤さん、何かつかんでいるのでしょうか？」

「だとしても、どうして俺に話をしようと思ったんだろう……」

「さあ……。本人に訊《き》いてみたらどうです？」

「そうだな……」

樋口がそうこたえると、藤本は自分の席に戻っていった。

千住署の事案は、今初めて知った。

いや、新聞やニュースで見たのかもしれないが、まったく覚えていなかった。貴子にも言ったように、捜査本部のせいだった。

犯人の所在を確認し、身柄を確保することしか考えていなかった。抱えていた事案に関連するものなら、どんな小さな新聞記事でも覚えていたが、関係ないものはまったく記憶に残っていない。

ずっと寝不足だったし、次々と入る情報に振り回されていた。他の事案のことを考える余裕などまったくなかったのだ。

貴子は、その事案が樋口と何らかの関係があるとでも考えているのだろうか。

だとしたら、とんだ勘違いだ。樋口は、本当にその事案について、何も知らなかった。

貴子が何をつかんでいるのか。樋口に何を話したいのか、だんだん気になりはじめた。

その上樋口は、先ほどのそっけない態度を少々反省していた。記者のことなど気づかうことはないと言う刑事は多い。

記者たちは、何とかネタにありつこうと、また、つかんだネタの裏を取ろうと、刑事の周りをうろつく。

酒を飲んでいれば、夜回りにやってくる。深夜に帰宅すると、家の前で待ち構えている。朝出勤しようとすると、家の前で声をかけてくる。

刑事にとって記者は、実にやっかいな連中なのだ。だからといって、邪険に扱っていいというわけではないと、樋口は思っている。

彼らだって仕事でやっているのだ。

樋口は、携帯電話を取り出して、遠藤貴子の番号を探した。

「はい、遠藤」

電話から彼女の声が聞こえてきた。

「さっきの話が気になっているんだが」

「きっと連絡をいただけると思っていました」

「とにかく、話を聞こう」

「どこに行けばいいですか?」

「今日は早く帰宅するから、自宅に来てくれれば話ができると思う」

刑事と新聞記者は敵対しているわけではない。自宅に招くことも珍しいことではない。捜査一課長などは、官舎に記者を迎えるための部屋を用意してあり、五分か十分ずつ、夜回りに来た記者の相手をすることもある。

「わかりました。今夜うかがいます」

「じゃあ……」

樋口は電話を切った。


その日は定時に上がった。帰宅したのは、六時半近くだった。自宅は田園都市線のたまプラーザ駅から歩いて十分ほどのマンションの一室だ。

一戸建てだろうがマンションだろうが、記者たちはおかまいなしだ。大きな事件が起きて担当になると、マンションの玄関付近に記者たちが群がる。

住民の迷惑になるからやめてくれと、樋口がいくら言っても聞かない。オートロックなので、中までは入れないが、平気でインターホンのボタンを押してコメントを取ろうとする記者もいる。

とはいえ、抱える事案がないときは静かなものだ。

その日も、三人ほどの記者の姿を見かけただけだ。その中の一人が遠藤貴子だった。東洋新聞だけを特別扱いにした、などと後で言われるのは嫌なので、その三人全員と面会することにした。

最初に貴子を招き入れると、男性記者の一人が言った。

「おいおい、俺が最初じゃないのか」

関東日報の下柳昭二《しもやなぎしょうじ》だ。樋口とそれほど年が違わないベテランだが、いまだに現場にいる。

樋口は下柳に言った。

「レディーファーストだ」

「俺にも時間をくれるんだろうな」

「次に入ってもらう」

「わかった」

いつも記者を座らせる応接セットに貴子を案内した。温泉旅館にあるような椅子とテーブルのセットだ。

「お帰りなさい。あら、遠藤さん」

妻の恵子《けいこ》が顔を出した。貴子が頭を下げる。

「お邪魔してます」

「今、お茶をお持ちしますね」

「ああ、頼む」

樋口は言った。喉が渇いていて、茶はありがたかった。

恵子が去ると、樋口は貴子に言った。

「荒川の水死体についてだが、千住署は自殺と断定したようだな。俺に何が訊きたいんだ？」

「遺族が納得していないんです」

「遺族……？」

「亡くなった方のご両親です」

「納得していないというのは……？」

「事件のことを、詳しくご存じですか？」

「いや。詳しくは知らない」

「亡くなったのは、井田友彦《いだともひこ》君。年齢は十七歳で、足立区内の公立高校に通っていました。二年生でした。荒川にかかる西新井橋の下で発見されました。仰向けで浮いていたそうです」

恵子がお茶を運んできて、話が中断した。樋口は一口、茶を飲んだ。恵子がいなくなると、尋ねた。

「ご両親は警察の決定に納得していないということだね？」

「そうです」

「しかし……」

樋口は戸惑った。「こう言ってはナンだが、それはよくある話じゃないか。子供を亡くした親は、何を言われても納得なんてできないんじゃないのか」

もし、娘の照美《てるみ》が突然いなくなったら……。そう考えると、樋口だって冷静ではいられなくなる。

貴子が言った。

「ご両親は、司法解剖をするように求めています。そして、警察に対しては捜査をやり直すように訴えているのです。それには、ちゃんとした理由があるように思います」

「ちゃんとした理由？」

「はい」

「どんな理由だ？」

「それは、ここでは詳しく言えません」

「言えない？　それはおかしな話だ。千住署に問い合わせれば、詳しいことがすぐにわかる。ここで隠す理由はない」

貴子はかぶりを振った。

「もしかしたら、記事にするかもしれません。ですから、私の口からは言えないのです。お知りになりたいのでしたら、樋口係長ご自身でお調べになるといいと思います」

この言葉に、樋口はあきれてしまった。

「俺がその事案について調べなければならない理由もない。あなたが話したいことがあるというから、こうして話を聞いているんだ」

「もう一度ちゃんと調べてほしいと言うご両親を、千住署の捜査員が恫喝《どうかつ》したそうです」

「恫喝……？」

「素人が捜査のことに口を出すな。そのようなことを、かなり強い口調で言ったようです」

樋口は、眉をひそめて溜め息をついた。

そういうことを言いたがる刑事は少なくない。捜査のプロだというプライドがそうさせるのかもしれない。

だが、それは正しいプライドではないと、樋口は思っている。ただの思い上がりだ。

「それは、子供を失って悲しんでおられるご両親に対して言う言葉ではないな」

貴子がうなずいて言った。

「ただ警察の発表を記事にする……。それが、今の新聞の姿勢です。だから、この件でもわが社は千住署の発表を記事にしました。でも、警察の発表が真実でない場合、どうすればいいのか……。それが今、わが社に問われていると思っています」

「待ってくれ」

樋口は貴子を見た。「千住署が嘘をついていると言っているのか?」

「結果的に、そういうことになっているのかもしれません」

樋口はかぶりを振った。

「だからといって、俺にどうしろと言うんだ」

「それは、樋口係長がご自分でお考えになるべきだと思います」

「もし、千住署が何かの間違いを犯しているのだとしても、俺にはどうしようもない。千住署の捜査に口出しする権限なんてないんだ」

「調べて本当のことを明らかにすることもできるはずです」

「刑事はね、勝手に捜査することなんてできないんだ。一匹狼の刑事が、執念で一つの事案を追いかける、なんて、テレビドラマにありそうだが、実際にはそんなことはあり得ない。担当する事案は上が決めるし、その結末も上が決める」

「捜査員の情報が上を動かすこともあるでしょう」

「そういうことは、ごく稀なんだ」

樋口はそう言って、茶を飲み干した。

「誰かが調べるべきだと思います」

「それは、千住署が決めることだ」

貴子はしばらく樋口を見つめていたが、やがて言った。

「お時間を取っていただいて、ありがとうございました」

彼女は立ち上がると、礼をした。

「ああ……」

「失礼します」

貴子が玄関に向かう。樋口も立ち上がり、無言で彼女を見送った。

「東洋新聞は何の用だったんだ？」

関東日報の下柳が言った。常に皮肉な笑みを浮かべているような男だ。

「あんたと同じだ。ネタがほしいのさ」

「強盗殺人の捜査本部が明けたんだよね？」

「そうだ」

「それについての話？」

「まあ、そんなところだ」

「嘘だろう」

「何でそう思うんだ？」

「その話ならもう各社記事を入れているはずだ。うちだってそうだ」

下柳とは長い付き合いだった。樋口が新人刑事時代に知り合った。立場を超えて話ができる。刑事と記者の間には、たまにそういう関係が生まれる。

樋口が言った。

「他社と話した内容を、あんたに教えるわけにはいかない。そんなことは先刻承知だろう」

「ダメ元で訊いてみたのさ。遠藤は、何かあんたにぶつけるようなネタを持っているってことだ。何だろうな……」

「世間話をしていただけだとは思わないのか？」

「思わないな。まあ、彼女は美人だから、個人的な話をしていたとしても驚かないが……」

「自宅に呼んで、そんな話をすると思うか？」

「どうだろうな……。ホテルに連れ込んだりして、人に見られたらたいへんなことになるからな……」

樋口は、下柳の前にある茶碗を指さした。

「女房がお茶を運んできたんだ。遠藤記者のときもそうだった」

下柳は肩をすくめた。

「冗談だよ。あんたに限って、女性記者と不適切な関係、なんてことがあるわけない」

そのとおりだと、樋口は思った。たしかに下柳の言うとおりなのだが、その言い方が気に入らなかった。

「俺が唐変木《とうへんぼく》だと言いたいのか？」

「唐変木とは、ずいぶん古風な言い方だな。あんたは、道を踏み外すようなことはしないってことだ」

「道って何だ？」

「それはあんた自身がよく知っていることだろう」

「それはほめ言葉と受け取っておく」

「そう」

下柳が言った。「もちろん、ほめているんだよ。あんたはつまらないことで、俺たちの期待を裏切るような人じゃない」

本気で言っているのだろうか。

樋口は訝《いぶか》った。どうやら本気のようだった。下柳は樋口を信頼に足る人物だと思っているはずだ。だから、言いたいことを言い合える関係が続いているのだ。

だがそれは買いかぶりだと、樋口は思う。

俺はただ、臆病なだけだ。道を踏み外すどころか、道の端に寄ることさえ恐ろしいと思っている。

警察という、ちょっと特殊な社会の中で、問題を起こさず、他人との摩擦を避けながら毎日を生きていこうとしているだけだ。

そんな自分が、他人から評価されるのが不思議だと、樋口は思っていた。

「さて……」

樋口は言った。「時間切れだ。次の記者を呼ぼう」

恐ろしく寒い日々が続いていると思っていたが、三月の声を聞くと急に暖かく感じられるから不思議だ。今日は、十五日火曜日。三月も半ばで、春が近づいていることが実感できた。

若い頃はもっと季節に敏感だったなと、樋口は思った。

新聞に毎日載っている天気図の、日本列島上に縦に並ぶ等圧線の間隔が弛《ゆる》むだけで、気分が明るくなったものだ。

今では、寒いか暑いかしか感じていないような気がする。それも大人になるということなのかもしれないと、樋口は思った。

2

登庁してしばらくは書類仕事に追われた。捜査本部にいる間に、決裁書類や伝票が溜まっていた。

判を押したり、パソコンのキーを打ったりしている間も、昨日のことが気になっていた。

昼過ぎにようやく書類仕事が一段落した。午後一時近くに、昼食をとることにした。

樋口は大食堂ではなく、十七階のカフェに行くことにした。術科の道場と同じフロアにあるこのカフェがけっこう気に入っていた。

和風キノコのパスタを注文し、食事を始めると、誰かが同じテーブルにやってきた。

見ると、天童管理官だった。

「よお、ヒグっちゃんも今、昼飯か？」

「この時間になれば空《す》いていると思いまして……」

「ここ、いいか？」

返事を聞く前に椅子に座っている。

「もちろんです」

天童は、カツカレーをトレイに載せていた。メガカツカレーと呼ばれており、カレーは大盛り、トンカツも大きい。

樋口は天童に言った。

「それを平らげられるなんて、うらやましいですね」

天童がこたえる。

「警察官は食えなくなったら終わりだと、俺は思っている。だがまあ、メガカツカレーは半分見栄だな。全部食えるかどうかわからん」

樋口は、しばらく逡巡《しゅんじゅん》していたが、思い切って言った。

「昨日、東洋新聞の遠藤さんから相談を受けまして……」

「何の相談だ？」

樋口は周囲を見回した。他人に話を聞かれる恐れはなかったが、それでもつい、そういう行動を取ってしまう。

「千住署管内で、水死体が出たという件なんですが……」

「ああ、あれか……。高校生だろう。痛ましい事案だ」

「自殺という判断だったんですね？」

「そうだと聞いている。所轄の事案で、本部は出なかった」

捜査一課が出動するほどの事案ではなかったということだ。

「その決定に、遺族が納得していないという話ですが……」

天童の表情が曇った。

「それを、東洋新聞が嗅ぎつけたということだな」

「はい」

「遠藤記者は、どういうふうに言ってるんだ？」

「千住署が何か間違いを犯していないかどうか、誰かが調べるべきだ、と……」

すでに天童のカレーライスは三分の一ほどしか残っていない。年齢を考えると、恐ろしいほどの健啖家《けんたんか》と言える。それが天童の体力を生み、体力が気力を支えているのだと、樋口は思った。

「ちゃんとした捜査の上で断定したんだ。今さら千住署が出した結論に、誰も口を挟めないぞ」

「私もそう思います」

天童は、溜め息をついた。

「しかし、ご遺族のことが気にかかるな。そして、東洋新聞が遺族の側についているようだ」

「彼らは、本当のことを知りたいのだと思います」

「彼らというのは、誰のことだ？」

「亡くなった高校生のご両親と、東洋新聞の遠藤さんです」

「俺にそれを話すということは、ヒグっちゃんは調べたいと思っているんだろう」

「いえ、そうではありません。いちおう、お耳に入れておくべきかと思いまして」

「やめておけ」

「は……？」

「頼まれもしないのに、事案に手を出すと、所轄がへそを曲げるぞ」

「ですから、私は……」

天童は笑みを洩《も》らした。

「……と言ったところで、ヒグっちゃんのことだ。調べるんだろうな」

樋口は、言葉を失って、ただ天童を見ていた。

とんだ勘違いだと思った。事案を洗い直す義理はないと思っていた。貴子だって、警察がどのような組織かわかっているはずだ。

貴子には自分が無茶なことを言っているという自覚があるに違いない。だから、放っておいてもだいじょうぶだと考えていたのだ。

それなのに、天童は樋口が行動を起こすと思い込んでいるようだ。

さらに天童が言った。

「しかしな、千住署の担当者たちは猛反発するはずだ。それを覚悟しておけ」

それを考えるだけで、うんざりだった。

樋口だって面倒事が好きなわけではない。できれば、触れたくない問題だった。

しかし、今さら「調べる気はありません」とは言えない雰囲気になった。いや、言えば言えたかもしれない。

だが、今それを言うと、天童に逆らうことになるような気がした。天童の機嫌を損ねるのが嫌だった。

樋口は言った。

「しかし、係のみんなを巻き込むわけにはいかないと思います」

「当面、ヒグっちゃんは別動でいい。そうだな、ペアが必要なら藤本でもつけるんだな」

「係が機能しなくなります」

「ヒグっちゃんがいない間は、オグさんに係長役をやってもらう」

天童が「オグさん」と呼んだのは、同じ第三係の小椋重之《おぐらしげゆき》警部補だ。彼は、天童の一つ下で、つまり樋口よりも年上だ。係長補佐なので、樋口がいない間、代わりを務めることは、周囲も納得するだろう。

「そこまでお考えいただけるなんて、恐縮してしまいます」

「なに、たいしたことじゃない」

「それにしても……」

樋口は言った。「どうして、遠藤さんが私にそんな話を持ってきたのか、まったく理由がわかりません」

「そうか？」

「え……？」

「俺にはわかるような気がするがな……。ヒグっちゃんなら、きっと放っておけないと言う。

遠藤記者は、そう考えたんだろう」

気づくと、天童の皿は空になっていた。

樋口は、残りのパスタを急いでやっつけることにした。


「別動って、特命ってことですか？」

藤本由美がやる気満々という顔で尋ねた。

「特命じゃない。俺が勝手に調べるというのを、天童管理官が認めてくれたんだ」

「へえ……」

藤本は驚いた顔で樋口を見た。「警察って、独断専行が一番のタブーじゃないですか。天童管理官が認めるって、どういうことですか？」

「俺にもわからない」

これは本音だった。

天童が何を考えているのかわからなかった。

「調べるのって、千住署の水死体の件ですね？」

「そうだ」

「遠藤さんにけしかけられたんですか？」

「とにかく、遺族がどうして納得していないのか、調べてみようと思う」

「わかりました。出来事の概要を調べておきます」

藤本が係長席を去ると、入れ替わりで小椋がやってきた。

「係長、しばらく別動だと聞きました」

「その間、係のことを頼みます」

「それはいいんですがね……。何をやるんです？」

こういう場合、隠したりごまかしたりすると、変に勘ぐられることになる。樋口は、千住署の水死体の件を調べてみたいのだと言った。

小椋が眉をひそめる。

「隠密行動ですか？」

「どうやるかは、まだ考えていません」

「千住署の出方次第ということですか？」

「そうですね……」

それを考えると憂鬱になった。

天童が言ったとおり、自分たちが手がけた事案を、捜査一課の係長が洗い直していると知ったら、千住署の連中は黙ってはいないだろう。

樋口は、もともと揉め事が嫌いだ。人が言い争っている姿を見るだけで、ひどく嫌な気分になる。気が弱いからだと、自分では思っている。

争い事があると、決してそれには参加せずに、黙って眺めていることが多い。人と争うことが嫌いだし、第一、戦うことが恐ろしいのだ。

アメリカなどでは、小学生の頃からディベートの訓練をするそうだ。つまり、相手と論争することを学ぶのだ。

だからあんな雑な国になるのだと、樋口は密かに思っている。

そんな弱気な自分が評価されている。警察というのは、つくづく変わった社会だと樋口は思う。

冷静沈着で、人の和を尊ぶ。どうやらそういうことになっているらしい。気がつくと、本部の係長になっていた。

小椋が言った。

「まあ、あとのことは任せてください」

樋口は、無言でうなずいた。

「亡くなったのは、井田友彦、十七歳。そうだったな」

樋口は、藤本に確認した。

藤本はうなずいて、手にしていたファイルを樋口に差し出した。彼女も同じものを持っている。

彼女が作ったファイルだった。出来事の概要が詳細に記されている。

井田友彦は、貴子が言っていたように、西新井橋の下で発見された。荒川の河岸近くに浮いていたのだ。

「東洋新聞の遠藤さんは、仰向けに浮いていたと言っていた」

樋口がそう言うと、藤本がこたえた。

「私が調べた限りでは、どういう状態で発見されたかについての記述はありませんでした」

「そういう詳しいことは、やはり担当者に訊かなければわからないだろうな」

「はい」

二人は、周囲の眼を避けて、小会議室にいた。別に、こそこそと調べる必要もないのだろうが、樋口は注意を払うことにした。

どこで誰が見ており、聞き耳を立てているかわからない。用心に越したことはないのだ。

すでに終業時間が近い。樋口と藤本をのぞいた第三係の連中は、出動することもなく、帰り仕度を始めているだろう。

事件が起きれば忙殺される捜査員たちにも、こういう日があるのだ。

「自殺という署の判断に、遺族が納得していないということだが、その理由はわかるか？」

樋口が尋ねると、藤本は首を捻《ひね》った。

「入水《じゅすい》自殺ですよね。遺書らしいものが、ＳＮＳに書き込まれていたということですし、不自然なところはないように思いますが……」

「遺族に当たってみなければ、わからないか……」

「そういうことですね」

「井田友彦のご両親の所在は？」

「確認してあります。住所は足立区千住龍田《たつた》町です」

通常の捜査であれば、遺族に会いにいくことなど、何とも思わない。だが、樋口は千住署の刑事たちのことを気にしていた。

こっそり会いにいったことが耳に入ったら、彼らは収まらないだろう。かといって、事前に知らせると、藪蛇《やぶへび》になる恐れがある。

どんな妨害をされるかわかったものではないのだ。

樋口が考え込んでいると、藤本が言った。

「遠藤さんが事情を知っているんですよね。ご両親を訪ねる前に、情報収集をしてはどうでしょう」

樋口はうなずいた。

「そうだな。連絡を取ってみよう」

係長になって決めたことがある。思いついたこと、やらなければならないことは、すぐにやるということだ。

人間はつい先延ばしにしたがるものだ。「後でやろう」と思ったことは、たいてい忘れてしまうか、溜まっていって負担が増えるのだ。

係長の仕事は、思ったよりずっと多忙だった。そのたいへんさを少しでも軽減するために心がけていることだったが、ずいぶんと効果があった。

樋口は携帯電話を取り出して、貴子にかけた。

「はい、遠藤です。樋口係長？」

「昨日の話をもう少し詳しく聞きたい。今から会えるか？」

「だいじょうぶです。どこで会います？」

「会議室を押さえているから、そこに来てくれ」

「捜査一課の階ですか？」

「そうだ。六階だ」

「二十分で行きます」

樋口は電話を切った。


午後五時五十分頃、樋口が会議室で待っていると、藤本が貴子を連れてきた。

樋口が着席をうながすと、貴子は向かい側の席に座った。藤本が樋口の隣に腰を下ろす。

「井田友彦君のご両親が、自殺という警察の判断に納得していない理由について、昨日あなたは、俺が調べるべきだと言った」

「はい」

「調べるにしても、取っかかりがほしい。ご両親が何を主張しているのか教えてほしい」

「それは、私の大切なネタだと申し上げたはずです」

「すべてを話せとは言っていない。取っかかりがほしいんだと言ってるだろう。俺はこうして、あなたが言ったとおり、調べてみようと思っているんだ」

貴子は、しばらく何事か考えている様子だったが、やがて言った。

「胴体に重りが縛りつけられていたんです」

樋口は眉をひそめた。

「重り……？」

「トレーニングに使う鉄アレイです」

藤本が言った。

「今どきはダンベルって言うようですよ」

貴子は藤本を一瞥《いちべつ》してから話を続けた。

「縄跳び用のロープで鉄アレイが、井田友彦君の背中にくくりつけられていたんです」

「どういうことだろう……」

「千住署では、自殺するために、井田君が自分で胴体に縛りつけたと言っています」

「ならば、そうなのだろう。自ら重りをつけて入水した例は、過去にいくらでもある」

「背の立たない水中に身を投げるのなら、それもあり得るでしょうが、井田君が発見されたのは、膝くらいの深さの場所です」

「どこかから流れてきたのかもしれない」

「そうかもしれないし、そうでないかもしれない」

「千住署では、その点についてどう言ってるんだ？」

「樋口係長と同じように、どこか深い場所から流れてきたのかもしれないと言っています」

「だとしたら、橋の上から飛び降りたということも考えられるな……。西新井橋の下で発見されたと言ったな。だったら、その橋から飛び降りたのか……」

「そういう目撃情報はありません」

藤本が言った。

「流れ着いたということなら、もっと上流で飛び込んだ可能性がありますね」

貴子が言った。

「ですから、そういう目撃情報はないんです。橋から飛び降りたというのは憶測になります」

「だが、あり得ないことではない」

「あり得ないと言えば……」

「何だ？」

「入水自殺ではあり得ない傷跡が残っていたと、ご両親はおっしゃっています」

「あり得ない傷？」

「首筋にいくつもの縦方向の引っかき傷が……」

「それは、吉川《よしかわ》線のことか？」

貴子がうなずき、樋口と藤本は顔を見合わせていた。

3

吉川線は、絞殺されたときに、紐などを引き剝がそうとして被害者が自らつける引っかき傷のことだ。他殺の根拠とされる。

樋口は藤本と顔を見合わせてから、貴子に言った。

「それは、ちょっと考えられないな」

「でも、本当のことです」

「検視を誰がやったか知らないが、吉川線を見逃すことなんてあり得ない」

「私もそう思います」

「誤情報じゃないのか。どこで聞いたんだ？」

「私も記者ですから、情報源は明かせません。記者にとってニュースソースは、刑事さんの捜査情報と同じで、絶対に洩らすわけにはいかないんです」

「それはもちろん知っているが……」

「千住署に訊けばわかるんじゃないですか？」

「そうかもしれない」

「私は、樋口係長に理解していただきたかったんです」

「理解？　何をだ？」

「遺族が納得してない事案が少なくないことを、です。この件は氷山の一角でしかありません」

樋口はわずかに顔をしかめた。

「遺族というのは、なかなか納得してくれないものだ。大切な肉親を失った悲しみや怒りは、どうやっても消えるもんじゃない。それを誰かのせいにしたくなる」

「私が聞いた話だけでも、疑問を感じる部分があるんです」

「どういう話を聞いて、どんな疑問を感じたんだ？」

「先入観を与えるようなことはしたくありません。ですから、樋口係長ご自身で調べてほしいと、再三言っているんです」

貴子は慎重だ。それだけ本気だということだろう。

「俺がこの事案を調べ直すことにしたら、あなたは記事にするのだろうな」

「そのつもりです」

「そうなると、千住署の面子《メンツ》が丸つぶれになる」

「面子が問題ですか？」

「言葉が悪ければ、言い直す。警察署が信頼を失うことは問題だと思う」

「だからといって、問題から眼をそらすのはどうかと思います」

樋口は、一つ息をついてから言った。

「警察は身内をかばう」

貴子と藤本が同時に、驚いた様子で樋口のほうを見た。

「それは仕方のないことだと、俺は思っている。警察官はぎりぎりの判断を迫られることが多い。きれい事では済まないこともある。誰かがある判断を下し、それが間違っていると世間で批判されたとしても、仲間はどうしてそんな判断を下したのかがわかる。だから、弁護したくなるんだ」

「調べた上で、弁護したいとお思いなら、そうなされればいいと思います。でも、ご遺族の無念さも考えてください」

「そうだな。言いたいことはわかる」

「どういう記事にするかは、樋口係長次第だと思います」

「俺次第？」

「警察が自ら過ちを認め、真実を明らかにしたとしたら、当然好意的な記事になると思います」

「好意的だろうが何だろうが、千住署の面子をつぶすことになるのは変わらない」

「面子と真実と、どちらが大切か、樋口係長ならおわかりですよね」

「そういう単純な問題じゃない」

「物事はできるだけシンプルに考えるべきだと思います」

「できれば、俺もそうしたいと思っているが……」

「お願いです」

その貴子の言葉に、樋口は驚いた。

彼女は言葉を続けた。

「樋口係長なら、ちょっと調べればおかしいと思うはずです」

「俺は身内を大切にする普通の警察官だ」

「身内の失敗に目をつむることで、警察全体の信頼を損なうことになるかもしれません」

「ジャーナリストは厳しいな」

「はい。権力の監視もジャーナリズムの役割の一つですから」

潮時だと、樋口は思った。

「わかった。呼び立てて済まなかったな」

貴子は、うなずいてから立ち上がった。

「では、失礼します」

彼女が部屋を出ていくと、藤本が言った。

「もったいぶってますね。はったりなんじゃないでしょうか」

「いや、彼女はたしかに何かを握っている。遺族にも会っているかもしれない」

「記者に言われて調べるなんて、なんだか、ムカつきますね」

「そうだな」

藤本の言うとおりだ。

事件に関して言えば、たいてい刑事は記者が知っている程度のことはすべて知っている。だから、記者から情報を提供すると言われても、無視する刑事は多い。

情報交換が成立しないからだ。あらかじめ知っていることを聞かされ、向こうが知らない情報を提供するはめになってしまいかねない。

そして、刑事が知らないことを記者が知っているとなれば、プライドが許さない。

そうだ。要するに今回は、面子が問題なのだと、樋口は思った。先ほど、樋口自身が千住署の面子について語った。

今藤本が言ったことも、刑事の面子の問題なのだ。

「千住署に行ってみますか？」

藤本にそう言われて、樋口は考え込んだ。

行って話を聞けば、千住署の連中は、天童が言っていたとおり、へそを曲げるだろう。それがわかっているので、踏ん切りがつかない。

千住署に関わらずに、やはり自殺だったということがわかれば、それが一番いい。どこにも波風が立たない。

だから、貴子が知っていることを全部しゃべってくれればいいのだ。だが、彼女は樋口が自分で調べろと言う。

藤本が腹を立てるのも、もっともだと、樋口は思った。

樋口はこたえた。

「もう少し、こっちで洗ってみよう」

「わかりました」

時計を見ると、午後六時半を過ぎていた。

「もうこんな時間か」

樋口は言った。「今日は引きあげよう」

捜査本部ができたりすると、何日も帰れないことがある。一方で、こうして夕食に間に合う時刻に帰宅できることもある。刑事の生活は不規則だ。

樋口はとうに慣れっこだったが、家族はどうなのだろう。時折そんなことを考える。

自宅のマンションの前にやってくると、関東日報の下柳が樋口を待っていた。

樋口は言った。

「昨日の今日だ。ネタなんてないぞ」

「藤本さんと二人で何かやっているって聞いたぞ」

「驚いたな。もうそんなことを知ってるのか？」

「否定しないんだな？」

「相手による」

「ほう。俺には隠し事をしないって意味か？」

「隠したって仕方がない」

「東洋新聞の遠藤に、本部で話を聞いたんだって？　昨夜に続いて今日もか」

「何でも知ってるんだな」

「警視庁記者クラブにいるわが社の記者は、すごく優秀なんだ」

「油断ならないな」

「遠藤と何の話をしているんだ？」

「そんなことは言えない。わかっているだろう」

「遠藤が何か、大きなネタを握っているということか？」

「ノーコメントだ」

「遠藤と話をした翌日、部下と二人だけで何かを調べはじめた……。これはただごとじゃないな」

「たいしたことじゃない。だから、俺と藤本の二人だけでやってるんだ。他に追っかけるべき事件はたくさんあるだろう」

「気をつけろ」

「何の話だ？」

「遠藤は美人だからな。特別扱いしていると、あらぬ噂を立てられるぞ」

「あんたがその噂を立てようとしているんじゃないだろうな」

「おい、俺は常にあんたの味方だ。わかっているだろう」

樋口は片手を上げて、マンションの中に向かった。オートロックなので、下柳は入って来られない。

あらぬ噂か。まさかな……。

樋口はそう思いながら、エレベーターに乗った。


「あら、今日も早いのね」

「ああ……。照美は？」

「まだよ。会社が忙しいみたいね」

「そうか」

着替えてリビングルームのソファに腰かけた。

「食事、できてるわよ」

「照美を待たなくていいのか？」

「帰りの遅い人に合わせることはないわよ。あなたの帰りだって待っていないでしょう」

樋口はダイニングテーブルに移動した。

恵子と二人の夕食が始まる。照美がいないとなんだか落ち着かない。気まずいというほどではないが、間が持たないように感じる。

樋口は家庭内でも無口だ。……というか、家族団らんといったような記憶がない。食事のときも、だいたい恵子と照美が話をしていて、樋口は黙ってそれを聞いているだけだ。

食卓の沈黙を救ったのは、やはり恵子だった。

「ねえ、照美のことなんだけど……」

「何だ？」

「仕事を辞めるかもしれないって……」

樋口は驚いて、恵子の顔を見た。

「辞める？　苦労してようやく就職したんじゃないか」

「そうなのよね」

「どうして辞めるなんて言い出したんだ？」

「あの子がジャーナリスト志望だってことは、知ってるでしょう？」

「ああ」

「就活で、報道関係の仕事は全部落ちちゃったのよね。それで、今の会社に勤めることになったんだけど……」

「ＩＴ関係の会社だったな」

「ネット販売の会社なんだけど、照美は事務職なのよ。たぶん、それがつまらないんだと思う」

「事務職をばかにしちゃだめだ。どんな会社にだって事務仕事が必要なんだ。警察だってそうだ」

「別にばかにしているわけじゃない。私だって事務職の大切さは知っているわよ。照美がやりたい仕事とは違うってことよ」

「どの世界だって、やりたい仕事にすぐ就けるわけじゃない。新人のうちは下積みだと思うべきだ」

「だから、私にそんなことを言っても仕方がない。私だって同じことを思っているんだから。それ、照美に言ってよ」

「俺がそう言ってたと、おまえが言えばいい」

「私が言ってもだめだから、お父さんに相談したんじゃない」

娘にかしこまって何か言うのは苦手だった。思春期の頃、娘が父親を毛嫌いすることがある。照美もそうだった。

家を空けることが多く、照美のことは恵子に任せきりだったので、その負い目もある。

今ではそれほど反抗的なわけではないが、かつての記憶が強く残っているのだ。

樋口は言った。

「こっちから言い出す話じゃないだろう。向こうから相談されたのなら、俺の意見を言うが……」

「仕事を辞めてどうするのか、ちゃんと話を聞いてほしいのよ。父親の責任よ」

父親の責任……。そう言われては逆らえない。樋口は渋い顔で言った。

「わかった」

その日、照美が帰宅したのは十時過ぎだった。

「ただいまあー。ああ、疲れた」

樋口はリビングルームでテレビのニュースを見ていた。

「遅かったな」

「年度末だからね……」

「たいへんだな……」

恵子が尋ねる。

「食事は？」

「済んだ。会社が弁当を出してくれた。お風呂わいてる？」

「ええ」

「じゃ、入る」

照美は自分の部屋に消えていった。

恵子が樋口に言った。

「話をしてね」

「今日はもう遅いんじゃないか。照美も疲れているようだし……」

「そうやって、ずるずると先送りにするつもりね」

「そうじゃないが……」

これが警察の仕事だったらどうだろうと、自問した。やるべきことはすぐにやる。そう決めていたはずだ。

仕事ではできるが、家庭ではそれがなかなかできない。

樋口は、朝が早いのでもう寝たいのだが、そうもいかなくなった。照美が風呂から上がるのを待つことにした。


髪を乾かすドライヤーの音が止《や》んだので、樋口はリビングルームから声をかけた。

「照美、ちょっといいか？」

「なあに」という声が返ってくる。

「こっちに来てくれ」

部屋着姿の照美がリビングルームにやってくる。樋口は言った。

「会社を辞めたがっているって、母さんが言ってたが……」

「辞めたがっているっていうか、もう辞めることにした」

言葉が見つからず、しばし照美の顔を見ていた。やがて、樋口は言った。

「せっかく就職したんじゃないか」

「そうなんだけど……」

「いつ辞めるんだ？」

「あ、そういう具体的なことはまだ決めてない。辞めるという決心をしたということ」

少しだけほっとした。だが、考えてみると安心できる話ではない。

「どんな仕事も最初はつまらないものだ。我慢することも大切だ」

「そういうんじゃないんだ……」

「そういうんじゃないって、どういうことだ？」

「就活のときは、とにかく仕事に就かなくちゃって必死だった。追い詰められて、少しおかしくなっていたのね。志望していたところはほとんど落ちちゃったし、もう雇ってくれるところならどこでもいいって思ってた。でも、冷静になってみると、それって間違いだったと思うの」

「働けるところで働く。それは別に間違っていないと思うがな……」

「お父さんは、警察官になりたくてなったの？」

「そうだ」

「……でしょう。だから、私もやりたいことを追求しようと思ったのよ」

「報道の仕事をやりたいんだったな」

「そう。だから、今から勉強をし直して、来年また挑戦してみようと思うの」

「マスコミに就職できても、きっと理想と違うとか言って辞めることになるんじゃないのか？」

「お父さんはどうだったの？」

「そうだな……。初任科の訓練や交番勤務は辛かった。だが、辞めようと思ったことは一度もなかったな」

「それよ」

「それって、何だ」

「どんなに辛くても、やりたい仕事なら耐えられる。そう思うんだ」

樋口は、考え込んだ。

照美の言っていることは間違ってはいない。誰にだって、やりたい仕事に就く権利がある。そして、人には向き不向きというものが、たしかにある。

樋口は尋ねた。

「よく考えて決めたことなんだな」

「考えた」

「そうか。それなら、もう何も言わない」

「うん」

照美は自分の部屋に消えていった。

台所から恵子が出てきた。文句を言われるのではないかと、樋口は覚悟をした。

恵子が言った。

「まさか、あんな流れになるなんて……」

「いけなかったか？」

「いや、上出来よ」

樋口は、意外な思いで恵子を見た。

「上出来……？」

「頭ごなしに、照美の言うことを否定するなら、割って入ろうと思っていた」

「心配してないわけじゃないんだ。だが、照美の人生だからな」

「さて、問題は……」

「ん……？」

「照美がこの先、どういう具体的な展望を持っているかよ」

「そうだな」

「そうだな、じゃないわよ。まだ、お役御免じゃないのよ」

「何だって？」

「会社を辞めて、どこかに再就職するなら、そのための計画が必要でしょう。それをあの子がどこまで考えているのか。ちゃんと聞かなきゃ」

「それは、おまえにやってほしいんだがな……」

恵子がかぶりを振った。

「それは、社会というものを知っている父親の役目よ」

4

翌日登庁すると、樋口は藤本が作ってくれた事件の概要を、もう一度見直した。藤本はさらに、新聞記事のコピーを取ってくれた。

樋口が各紙の記事を読み比べていると、藤本がやってきて言った。

「東洋新聞は、出遅れたみたいですね」

「え……？」

「荒川で遺体が発見されたことを当日の夕刊で報じた新聞があるんですが、東洋新聞の夕刊には出ていません」

そう言われて、樋口は確認した。藤本の言うとおりだった。手元にあるのは、五紙の記事だ。そのうち、夕刊で遺体発見を報じたのが三紙。

二紙にその記事がない。そのうちの一つが東洋新聞だ。

樋口は言った。

「警察発表を記事にするんだから、新聞各紙の足並みがそろわないはずはないんだが……」

「所轄発表だと、たまにこういうことが起きますね」

「いろいろと事情があるんだろうな。翌日の朝刊では、五紙とも取り上げている。遺体の身元などについての報道だ。だが、いずれもそれほど大きな記事ではない」

「新聞にとって、第一報を逃すというのは屈辱なんじゃないですか？」

「どうだろう。現場の判断もあるだろう。紙面は限られているからな……」

「でも、遺体発見というのは、それなりに重要な事案だと思いますが……」

「身元がわかってから報道することに決めたのかもしれない」

「出遅れた東洋新聞が、巻き返しを図って、いろいろと調べたのかもしれません」

樋口は、しばらく考えてから言った。

「新聞社の事情はわからない。だが、もし、今おまえが言ったとおりだとしても、物事を深く追究しようというのは悪いことじゃない」

「そうですね……」

そのとき、小椋を呼ぶ天童管理官の声が聞こえた。

小椋が管理官席に向かう。

藤本が言った。

「出動のようですね」

樋口は、戻ってきた小椋に尋ねた。

「何がありました?」

「小松川署管内で、死体が出ました。二体です」

「二体……?」

「八十二歳の女性と五十七歳の男性です。一軒家の中で見つかりました」

「強殺ですか?」

「どうでしょう。あるいは、無理心中とか……。とにかく、すでに所轄が現場保存をやってますんで、行ってきます」

「頼みます」

「樋口班」は総勢十四人だ。樋口と藤本が抜けるので、十二人で出動ということになる。警部補の小椋が係長の代理をつとめる。

彼らが出かけていくと、藤本が言った。

「なんだか、おいてけぼりの感じですね」

樋口は席を立ち、天童管理官のもとに向かった。

「どうした、ヒグっちゃん」

「遺体が二つ出たそうですね」

「ああ、そうだ」

「係長の自分が行かないのは問題じゃないですか？」

「オグさんに任せておけば心配ない」

「本来の仕事をおろそかにするわけにはいきません。自分と藤本も行きます」

「君らは別動と決めたんだ」

「しかし……」

「もともとは、そっちから言い出したことだ」

「それを言われると、言葉がありませんが……」

「ヒグっちゃん。俺が伊達や酔狂で、別動やらせていると思っているのか？」

「え……？」

「千住署の件は、実はちょっと気になっていたんだ」

「はあ……」

「気になるからといって、自殺と断定された事案を、管理官の俺が蒸し返すことはできない。そこに、ヒグっちゃんがたまたま話を持ってきた……」

「管理官が蒸し返せない話を、自分にできるはずがありません」

「俺一人じゃできない。そう思っていたんだ。だが、ヒグっちゃんと二人なら何とかなるかもしれないと思ったんだ」

「藤本を入れて三人です」

「そうだったな。それにな、新聞記者から言われたという点が気になる。記者は、かなりのところまで知っていると思わなければならない。ジャーナリズムをなめると取り返しのつかないことになりかねない」

「おっしゃるとおりだと思います」

天童管理官は声を落とした。

「これはな、普通のやつにはこなせない仕事だ。やってはいけないことなんだ」

「それで、自分も躊躇《ちゅうちょ》しているんです。千住署の面子をつぶすわけにはいきません」

「それが最大の問題だ。それを切り抜けられるのは、ヒグっちゃんしかいないと思ってる」

買いかぶりだ。樋口は思った。

俺はただ事なかれ主義なだけだ。できるだけ周囲に波風を立てたくない。そう考えて生きてきた。

「お話をうかがって、改めて事の重大さがわかりました。ただ、自分にはとても管理官のご期待に沿うようなことはできないと思います」

「ヒグっちゃんならやってくれる。俺はそう信じている」

これ以上は何も言えない。樋口は礼をして下がった。


藤本が心配そうな顔で言った。

「管理官とは、何のお話だったんですか？」

樋口はこたえた。

「別動の重要さを改めて説明された」

そして、樋口は天童がもともとこの事案を気にしていたということを話した。

「そうですか。じゃあ、本気でやらなきゃ……」

「今まで本気じゃなかったのか？」

「今までより本気でってことです」

「ここでこうして、新聞記事と睨《にら》めっこしていても埒《らち》が明かないな」

「じゃあ、どうします？」

「千住署で話を聞いてみるしかないだろう」

藤本がうなずいて言った。

「じゃあ、アポを取ります」

「頼む」

藤本が電話をすると、何の支障もなく面会の約束が取れた。

相手は、千住署刑事組対課強行犯係の係長だ。名前は、桐原雄一《きりはらゆういち》。年齢は樋口の二歳上だ。かつて捜査本部でいっしょになったことがある。

午後二時に会うことにした。

昼食を済ませてから、藤本と二人で出かけた。地下鉄で、北千住までやってきて、そこから徒歩だ。

係長が公用車など望むべくもないし、捜査車両は限られている。火急の用がなければタクシーなんて贅沢は許されない。

常に車で移動するテレビドラマの刑事を、いつもうらやましいと思う。

「やあ、久しぶりだな」

桐原係長が笑顔で樋口たちを出迎えた。

係長席の斜め後ろにある応接セットに案内される。たいして重要ではない話をするときに使われる席だ。

「それで……」

桐原係長が尋ねる。「本部の係長がわざわざ何の用だ？」

階級は樋口のほうが上だが、桐原係長は年上なのでタメ口だ。一方、樋口は敬語を使う。

「ちょっとうかがいたいことがありまして……」

「何だ？」

「荒川に遺体が上がった件なんですが……」

「ああ、あれか……」

桐原係長は、眉間にしわを刻んだ。「痛ましい出来事だった」

事件ではなく、出来事と言った。強行犯係としては、他殺でなければ事件という認識はないということなのだろう。

「自殺だったということですが……」

「ああ。若者が自ら命を絶つというのが、俺には耐えられなくてね。俺にも息子がいるから……」

「わかります」

「樋口さんのところ、お子さんは？」

「娘がおります」

「そうか……」

「経緯を詳しく教えていただきたいのですが……」

「十一日に、人のようなものが川に浮かんでいるという一一〇番通報があって、地域課の者が現場に駆けつけた。遺体だった。身元はすぐにわかった。その日の朝に、親御さんから、息子が帰らないという相談を受けていたから……」

「相談を……？　捜索はしたんですか？」

「樋口さんだって知ってるだろう。行方不明者届を受けたからといって、普通は特別に捜索したりはしない」

桐原係長の言うとおりだ。事件に巻き込まれた恐れがあるなど、生命に危険があると判断された場合、特異行方不明者ということになり、緊急で捜索が行われる。

それ以外の一般行方不明者の場合は、規定によれば「警ら、巡回連絡、少年の補導、交通の取締り、捜査その他の警察活動に際して、行方不明者の発見に配意する」ということになる。

つまり、「通常任務の中で発見できるように気をつける」ということだ。

だから、その点で千住署に落ち度があるとは言えないと、樋口は思った。

「行方不明者届は、遺体発見の日の朝だったんですね？」

「朝一番で、お母さんが相談に来て、そのまま届けを出された」

「遺体発見の一一〇番は何時頃ですか？」

「十一時頃だったと思う」

「遺体発見時に、死後どれくらい経っていたんですか？」

「十二時間程度だったと記憶している。もっとも、水死体は死亡推定時刻を正確に割り出すのが難しい。あ、こいつは釈迦に説法だな」

「母親は、相談に来たとき、息子さんがいつからいなくなったと言っていたのですか？」

桐原係長は、苦笑して言った。

「何だい。ずいぶん細かいことを聞きたがるんだな……。あの件がどうかしたのか？」

「高校生が自殺したというのが、こたえましてね……」

「俺もそうだと言っただろう。だがね、たしかに痛ましい話だが、珍しいことじゃない」

「それなんですよ」

「それって、何のことだ」

「刑事ですから年に何度も悲惨な事件と出会います。自殺も扱います。それを、よくあることで済ませてはいけないと思っていたのです。昨日今日のことではありません」

桐原係長が、あきれたような顔で言った。

「あんた、それでよく刑事がつとまっているな……」

「おっしゃりたいことはわかります。もっとメンタルを強くしろということですね」

桐原係長はかぶりを振った。

「逆だよ。そんなことをいちいち引きずっていたら、メンタルが持たないってことだよ。だから、警察官はいろいろなものを切り捨てていく。あんた、タフなんだな」

そう言われて、樋口は罪悪感を覚えた。

この件を調べているのは、貴子に相談され、天童に指示されたからだ。自分の意思で着手したわけではない。

「よくあることで済ませてはいけない」というのは詭弁《きべん》だった。それを桐原係長が真に受けたということだ。

樋口は質問を再開した。

「被害者がいなくなったのはいつのことだと、母親は言っていたのです？」

「ちょっと待て。被害者と言っちゃいけない。犯罪の被害者ではないんだ」

「すいません。そうでした」

「息子が学校から戻らない。お母さんはそう言ってたな」

「学校に行ったきり姿を見せなかった。そして、遺体で発見された……。そういうことですね？」

「そうだ」

「登校したのは間違いないんですね？」

「間違いない。捜査員が学校で確認した」

「下校後の足取りは？」

「それは不明だ。だが、夜中に入水したことに間違いはない」

「足取りが不明……？」

樋口が聞き返すと、桐原係長は小さく肩をすくめた。

「犯罪に巻き込まれたわけではないのでね。そこまで詳しくは調べなかった」

「犯罪に巻き込まれたわけではないという判断の根拠は何だったんです？」

「まず、第一に遺体の状況だよ。目立った外傷がなかった。そして、体に重りを巻き付けていた。自分で重りをつけて入水したんだろう。そして、ＳＮＳに遺書と見られる書き込みがあった」

「遺書と見られる書き込み……？」

「そうだ」

そのとき、藤本が聞き返した。

「ＳＮＳにですか？」

桐原係長が藤本を見て一瞬、非難するような表情を浮かべた。警察社会では、下っ端が勝手に発言することを嫌う者が少なくない。

係長同士が話をしているのだから、藤本は発言の許可を求めるべきだったと、樋口は思った。

だが、桐原係長はすぐに気分を切り替えた様子で、藤本に言った。

「そうだ。今どきの若者は、何でもスマホで済まそうとするんだな」

藤本がさらに質問する。

「どんな書き込みだったのでしょう」

「正確な文面は覚えていない。だが、もう生きていたくないというような内容だったと思う」

藤本はさらに何か言いたそうにしていたが、それ以上質問はしなかった。空気を読んだのだろうと、樋口は思った。

「遺体の状況と、遺書のようなＳＮＳの書き込み……。それで自殺と断定したのですね」

「充分な根拠だと思う」

「ご遺族が納得していないという話を聞いたのですが……」

この一言で、桐原係長の印象が一変した。それまでの友好的な雰囲気が消え去った。その眼に猜疑《さいぎ》の色が浮かぶ。

「誰からそんな話を聞いたんだ？」

ここで嘘をついたりごまかしたりしたら、余計に反感を買うと思った。

「知り合いの新聞記者からです」

桐原係長は、うんざりしたような顔になった。

「あんた、ブンヤが言うことを真に受けているのか？」

「そういうわけじゃありません」

「遺族が納得していないから、洗い直しに来たってわけか？」

「ですから、そうじゃないんです。自分も警察官ですから、警察の捜査に疑いの眼を向けたくはありません。でも、ご遺族が納得していないということを新聞記者が知っているのは事実なんです。妙な形で蒸し返されるのは避けたい。ただ、それだけなんです」

「妙な形で蒸し返されるって、どういうことだ」

「記者が遺族の声を記事になんかしたら、面倒なことになるでしょう」

「ふん。記事にできるものならしてみろってんだ……」

言葉は威勢がよかったが、表情は冴えなかった。明らかに気がかりなのだ。

樋口はさらに言った。

「遺族が納得すれば記者も納得します。自分はそのために話を聞きにきたのです」

桐原係長の態度が幾分か軟化した。

「本部の係長も暇なんだな」

「それは、なってみればわかります」

桐原係長は、ふんと鼻で笑った。

「だがな。一度結論を出した事案について、本部の人にあれこれ言われるのは面白くないんだ」

「それは充分に承知しています」

「高校生が世をはかなんで入水自殺した。事実はいたって単純だ。まあ、自殺に至った過程が単純とは言わんが……」

「自殺の原因について調べはついているんですか？」

桐原係長は言い淀んでから、あらためて言った。

「自殺の原因なんて、一言では言えないさ」

「ご遺族が何か要求されたと聞きましたが……」

「応対した担当者に話を聞けばいい」

「そうさせていただきます。その担当者に会わせてもらえますか？」

桐原係長が確認するように言った。

「あんた、警察の側なんだよな？　遺族とか記者の側じゃなく」

この先の話次第で、どういう立場になるかわからない。そう思いながら、樋口はこたえた。

「もちろんです」

桐原係長は、大声で言った。

「おい、高木《たかぎ》を呼んでくれ」

藤本が緊張した面持ちで自分のほうを見ているのがわかった。だが、ここまで来たら後には退《ひ》けないと、樋口は思っていた。

5

「高木克也《かつや》巡査部長に、土井《どい》泰志《やすし》巡査長だ」

桐原係長が紹介した。「こちらは、本部捜査一課の樋口係長に、藤本さん」

高木と土井は樋口に頭を下げた。高木が桐原係長に尋ねた。

「何事ですか？」

「高校生の自殺の件だ。樋口係長が、話を聞きたいとおっしゃっている」

「わかりました」

「概要は俺から説明した。細かなことを話してさしあげてくれ」

「じゃあ……」

高木はしばらく考えてから言った。「会議室にでも行きますか」

桐原係長をのぞく四人が小さな部屋へ移動した。

高木も土井もまだ若い。高木は三十代前半、土井はおそらく二十代だろう。藤本とそれほど年齢が違わない。

藤本は彼らを知らない様子だから、同期ではないということだ。

着席すると、樋口は言った。

「忙しいところを済まない」

高木がこたえた。

「いえ、かまいません。何をお話しすればよろしいのですか？」

「遺体の状況を教えてほしい」

「西新井橋の下、川の中の岸に近い位置で発見されました」

『浮いていた』と言った者もいたようだが……」

「正確に言うと、浮いていたわけではありません。浅瀬に死体があり、半分くらいが水に浸かっていたという状況でした」

「それで、謎の一つが解けた……」

「謎……？」

「そう。遺体には、重りが縛りつけられていたそうだね？」

「はい。たしかに……。ダンベルでした。それが縄跳び用のロープでくくりつけられていたんです」

「そんな重りがついていていて、遺体が浮かんでいるはずがないと思っていた。死亡してから遺体発見まで十二時間くらいだということだね？」

「はい、そうです」

「ならば、まだ腹腔内にガスも発生していないから浮かばないだろうと思っていたんだ」

「じゃあ、もう話は終わりですか」

「いや、もう少し付き合ってもらいたい。遺体には目立った傷がなかったということだね？」

「はい。変死体が見つかったときにはまず、創を探しますから……」

創というのは傷のことだ。

樋口はうなずいた。

「では、死因は？」

「入水自殺ですから、溺死ですよ」

高木は、さも当たり前のように言った。

それがまったく「当たり前」でないことに気づいていない。

樋口は言った。

「検視の段階ではまだ、自殺と断定されていないはずだが……」

高木は表情を曇らせた。

「え……？　どういうことですか？」

「今君は、『入水自殺だから、溺死だ』と言った。それは、死因を判断する前提が間違っているということになる」

「あ、いや……。そういうことでは……」

高木がうろたえた。

「いや、別に責めているわけではない。正確な死因が知りたいんだ」

「訂正します。目立った外傷がないことから、溺死と判断したのだと思います」

「なるほど……。検視は誰がやったんだ？」

「ええと……」

高木はさらに追い詰められたような表情になった。

責めているわけではないと言ったが、本部の係長があれこれ尋ねれば、どうしてもミスを追及しているような恰好になってしまう。

高木がこたえた。

「医者から死亡診断書をもらって、検視はうちでやりました。検視というか、死体見分ですが……」

まるで悪事を告白するような口調だった。

死体見分はどこでもやっていることだ。別に非難されることではない。法律上は、医師の立ち会いのもとに、検察官が検視をすることになっている。

だが、わざわざ検視に来てくれる検事はほとんどいない。それで、警視庁では、捜査経験が豊富で専門の研修を受けた刑事調査官が代行検視を行うのが普通だ。

だから、刑事調査官は検視官とも呼ばれる。しかし、この刑事調査官の数も限られている。

だから、犯罪性が認められない場合は、所轄の死体見分で済ませる。

つまり、その時点で、彼らは犯罪性がないと考えていたことになる。

その判断が正しかったかどうか、樋口にはわからない。だが、慎重でなかったことだけは、はっきりしている。

樋口は尋ねた。

「死体見分で、溺死と判断したということだね」

「そうです」

「目立った傷はなかったということだが、それはまったく傷がなかったということではないな？」

「え……？」

「何かの傷に気づかなかったか？」

「何かの傷……？　どういう傷です？」

「例えば、首の擦過創《さっかそう》や挫滅創《ざめつそう》……」

「引っかき傷ですか？　つまり、吉川線のことを言ってるんですか？」

「例えばの話だ。微細でも何かの創に気づかなかったかどうか……。それが知りたい」

「誰も気づきませんでした」

「誰もというと……？」

「死体見分は、自分ら二人と桐原係長が行いました。その三人が気づかなかったということです」

樋口はうなずいた。

貴子が吉川線のことをほのめかしていた。だが、死体見分をした刑事たちは、それに気づいていない。

これはどういうことなのだろうと、樋口は考え込んだ。

貴子はいったい、どこからその情報を仕入れてきたのだろう……。

樋口が考えている間の沈黙を埋めるように、藤本が言った。

「遺体がどこからか流れ着いた可能性もあると聞きましたが……」

「ええ……」

高木はちょっと気取った口調になった。「あの浅瀬で溺死したとは考えにくいので、どこかもっと深いところで死亡して、そのまま遺体が岸に流れ着いたのではないかという見方もありました」

彼の口調が変化した理由が、樋口には理解できた。若い男性が若い女性を意識するのは当然のことだ。

「それ、おかしくないですか?」

その藤本の言葉に、高木は困惑したように眉をひそめる。

「え……？　おかしい……？」

「先ほど、遺体は浮かんでいたわけではないとおっしゃいましたよね？　浅瀬で半分くらい水に浸かっていたのだと……。つまり、遺体は川底にあったわけですよね？」

「はあ……」

高木は、藤本の話が理解できていないようだ。あるいは、理解できない振りをしているのだろうか。

まさか、藤本の外見に気を取られているわけではあるまいな……。

「つまりですね。どこか深いところで溺死したのなら、遺体はそこに沈んでいるはずで、河岸に移動したというのは不自然ではないですか？」

「不自然と言われましても……。実際に遺体は岸辺近くにあったわけですし……」

「だったら、井田友彦さんは、その岸辺近くで死亡したと考えるべきではないですか？」

「そうだったかもしれません。深いところで死亡して、遺体が流れ着いたというのは、一つの可能性に過ぎませんので……」

藤本が樋口を見た。

彼女は、これ以上追及しようかどうか迷っているのだ。

矛盾点を突こうと思えばいくらでもできそうだった。だが、今ここで彼らを追い詰めても仕方がない。樋口はそう思いながら、言った。

「わかった。では、遺体発見場所で井田さんが死亡した可能性もあるということだね？」

「ええ。可能性としては……。ただ……」

「ただ、何だ？」

「あの浅瀬では、溺死するとは思えないですし、体に重りをつける意味はないんじゃないかと思います」

「なるほど……」

井田友彦が、どこか深いところに重りをつけて入水し溺死。その後、その遺体が浅瀬に流れ着いた。彼らは、本気でその可能性を信じているようだ。

樋口は続けて言った。

「現場を見てみたい。詳しい所在地を教えてもらえるか？」

「あ、それなら、ご案内します」

この申し出に、樋口は驚いた。

「いや、そこまでしてもらうのは申し訳ない」

「どうしてです？　うちの事案ですよ」

「それはそうだが……」

「自分ら、急ぎの用もないですし、ご案内しますよ」

先方がそう言うのなら、断る理由はない。樋口は彼らの言葉に甘えることにした。

よく晴れており、日差しは暖かいが、河川敷に吹く風は冷たかった。

頭上に巨大な橋が横たわっている。西新井橋だ。そこを通っているのは都道461号線だ。

現場は橋の南側の土手を下ったあたりだ。目の前には、頑丈そうなコンクリートの橋脚があり、背後には広いグラウンドが広がっている。

川の向こう岸も広い河川敷になっており、そちらにも運動施設が見て取れた。

「ここです」

高木が指さした。

高木と土井が並んでその地点を見ている。樋口と藤本は彼らに近づき、高木が示す場所を見た。

樋口は確認した。

「ここに遺体があったんだな？」

「そうです。頭が岸のほうを向いていました。足が川のほうです」

樋口は思わず聞き返していた。

「頭が岸のほう……？　遺体は岸に沿う形だったわけじゃないんだな？」

「ええ。それがどうかしましたか？」

「いや。先入観というやつかな……。遺体の向きは川の流れと平行だと思い込んでいた」

高木が言った。

「間違いなく、頭が岸のほうでした。なあ……」

高木は隣にいる土井に同意を求めた。

「はい。間違いありません」

土井の声を初めて聞いたと、樋口は思った。

彼はずっと無言だった。すべてのやり取りをペア長である高木に任せているのだろう。本部の係長があれこれ質問することに腹を立てているのではないだろうな……。ふとそんなことを思ったが、おそらくそれは考え過ぎだ。

その部分の川底には傾斜があった。つまり、どこまでも浅瀬なわけではない。二、三メートルも行くとかなり深くなっているのがわかった。

樋口は周囲を見回した。

橋の下。太い橋脚。グラウンドからは遠く離れている。

樋口は、藤本に言った。

「人目につかない場所だな……」

「はい」

それを聞いて高木が言った。

「たしかに、あまり人が来ないところですが、それがどうかしましたか？」

「いや、ふとそう思っただけだ」

「だから、自殺の場所に選んだのかもしれません」

「なるほど。それも一つの可能性だな」

樋口は、もう一度遺体があったという場所を見て、そこに遺体があるところを想像した。

頭を岸のほうに向け、体にダンベルを結びつけた遺体……。

それから眼を上げて、周囲を見回す。それを何度か繰り返した樋口は、かすかな違和感を抱いている自分に気づいた。


「署に戻りますか？」

高木に訊かれて、樋口はこたえた。

「いや、私たちは本部に戻る」

千住署から現場までは、歩いて二十分以上かかった。北千住の駅は千住署の向こう側にあるので、同じ道を戻ることになる。

樋口は、歩きながら違和感の理由について考えていた。

はっきりしないが、理由は一つではないような気がしていた。

「あの……」

高木が振り向いて声をかけてきた。高木と土井は樋口たちの前を歩いている。上下関係が厳しい警察では、上の者が常に前を歩くが、道案内が必要な場合は例外だ。

「何だ？」

「現場をご覧になって、納得されましたか？」

即答できなかった。

「済まんが、外で仕事の話はしないようにしている」

「でも、周りには誰もいませんよ。歩きながら話をするのは、比較的安全だと教わりましたが……」

「習慣にしたいんだ。そういう習慣を作っておかないと、うっかり人がいるところで重要なことをしゃべってしまいかねない」

「あ、そうですね。申し訳ありません。余計なことを言いました」

「刑事になって長いのか？」

「自分は三年目。土井はまだ一年です」

まだまだ駆けだしのペアだということだ。きっと二人は強行犯係で厳しく教育されている真っ最中だろう。

「その前は、地域課か？」

「はい。二人ともそうです」

刑事を志望しても、実際に配属されるのはごく限られた者だけだ。

刑事になるには、刑事講習を受けなければならないが、そのためには上司や署長の推薦がいる。推薦されるのは、一つの警察署で年に二、三人だ。

それだけでも狭き門なのだが、刑事講習を終えたからといって、すぐに刑事になれるとは限らない。

どこかの署で刑事課に空きが出るか、刑事課長あたりの引きがないと配属にはならないのだ。

「いろいろとたいへんな時期だろうな」

樋口は、自分の駆けだしの頃を思い出して言った。

高木が言った。

「自分も、将来は本部の捜査一課で働きたいと思います」

すると、土井が負けじと言った。

「自分もそうです」

樋口はうなずいた。

「そのためには、いろいろな経験を積まないとな……」

高木がこたえた。

「はい」

千住署に着いたが、高木は樋口たちを北千住の駅まで送ると言った。

「その必要はない。駅の場所は知っている」

「いえ、でも……」

「ずいぶんと時間を割いてもらった。それだけでも申し訳ないと思っているんだ。本当にここでいい」

署の前で別れて、藤本と共に北千住駅に向かった。

二人から離れると、藤本が言った。

「彼ら、露骨にアピールしていましたね」

「アピール……？　何の？」

「係長に名前を覚えてもらいたいんですよ」

「何のために？」

「言ってたでしょう。捜査一課で働きたいって」

「たしかに、そう言っていたが……。俺が名前を覚えたからといって、人事に影響があるとは思えない」

「係長は経験がないんですか？」

「何の経験だ？」

「所轄のときに、本部の人に自分を売り込もうとした経験です」

しばらく考えてみた。

「いや、俺は自分を売り込んだりするのが、すごく苦手だった」

「ああ……。それはわかるような気がします。でも、不思議ですね」

「何が不思議なんだ？」

「売り込んだり、目立とうとしたりしなくても、本部の係長になれるんですね」

樋口は笑みを洩らした。

「俺も常々、それを不思議に思っているんだ」

二人は千代田線に乗り、警視庁本部に向かった。

6

警視庁本部に戻り、すぐに報告しようと思ったが、天童管理官が留守だった。

小松川署管内の二つの遺体の件は、無理心中などではなく、強盗殺人らしいということになった。

天童管理官は、小松川署に行ったらしい。場合によっては捜査一課長も臨場するかもしれないということだ。

おそらく捜査本部ができることになるだろう。そうなれば、天童管理官はそちらにかかり切りになる。

樋口班の皆も泊まり込みになるはずだ。

樋口は、落ち着かない気分だった。他の皆が捜査本部で文字通り不眠不休の捜査を始める。それに自分が参加していないことが後ろめたいのだ。

きつい捜査本部から外れることができるならラッキーだと思う者もいるだろう。だが、樋口はそういう考え方ができない。

損な性分だなと思う。

樋口は藤本に言った。

「早くこの件にケリをつけて、捜査本部に合流したいな」

「そうですね……」

生返事だ。樋口は尋ねた。

「何を考えている？」

「やっぱり矛盾していると思います」

「さっき、高木に言ったことか？」

「はい。遺体は浮かない。これが大前提です。係長がおっしゃったように、腹腔内にガスが溜まるほど時間も経っていないし、重りもついていましたから……」

「そうだな」

「だとしたら、どこか深いところに入水して溺死し、遺体が岸に流れ着いたというのは不自然です」

「じゃあ、井田さんは遺体が発見された場所で死亡したことになる」

「それも不自然です。現場を見てそう思いました。自殺するために、あの浅瀬に入るというのは考えられません」

樋口はうなずいた。

「だが、実際に井田さんは亡くなっているんだ」

「そうですね……」

「ご両親に会いにいってみよう」

「千住署に一言断らなくていいんですか？」

「俺もずっとそれを考えていたんだが、やはり、ご遺族から話を聞かないことには始まらないと思ったんだ。千住署に会うことを伝えると、藪蛇になりかねない」

「わかりました」

「ご両親の住所は、千住龍田町だったな」

「はい。マンション住まいです」

「ご両親の職業は？」

「父親の善之《よしゆき》さんは会社員。母親の真知子《まちこ》さんは専業主婦です」

「葬儀はどうしただろう……」

「遺体発見が、十一日金曜日。つまり、五日前ですね。千住署で死体見分をやったと言ってましたから、早ければその日のうちに遺族に引き渡されますが、二、三日かかることもありますよね」

「そうだな。遺体をいつ引き渡したか、千住署に訊けばよかった」

「今、電話しましょうか」

「いや、いい。遺族のところに行けばわかることだ。たしか、司法解剖を希望していたということだが……」

「所轄が断ったのなら、一般人にはどうしようもないでしょう」

樋口は時計を見た。

「ご遺族の自宅を訪ねてみよう」


結局、また千住に逆戻りだ。効率が悪いが、捜査はいつもこんなものだ。

「このマンションだな……」

樋口は、四階建ての小さな集合住宅を見上げた。藤本がこたえた。

「間違いありません」

マンションというのは、もともとは集合住宅のことではなく豪邸を意味するのだそうだ。英語圏の人が日本に来て、「マンションに住んでいる」と聞くとえらく驚くらしい。

井田の自宅は三階だった。オートロックなので、玄関脇にあるインターホンで連絡を取った。

「はい……」

年配の女性の声がする。

「警視庁の樋口と申します。お話をうかがいたくて参りました」

すぐに玄関の自動ドアが開いた。樋口と藤本はマンションの中に入り、階段を上った。

部屋のドアが開いて、そこからのぞいた顔はひどくやつれた感じだった。

「井田真知子さんですね」

樋口は言った。「警視庁の樋口と藤本です」

「あの……。ご用件は……?」

「ご子息は、まことにご愁傷様です。そのことについて、いくつかうかがいたいことがありまして」

すると、奥のほうから男性の声がした。

「上がってもらえ」

それを受けて、井田真知子が言った。

「どうぞ、お上がりください」

案内されたのは、リビングルームの応接セットだった。樋口と藤本が並んで座り、その向かい側に男性がいる。

真知子は台所に行った。お茶の用意をするのだろう。

樋口は言った。

「突然お邪魔して申し訳ありません。井田善之さんですね？」

「そうです。警視庁の方だそうですね」

樋口は名刺を出した。藤本もそれにならった。

名刺を受け取ると善之はしげしげとそれを眺めた。

「捜査一課殺人犯捜査係……」

善之は顔を上げて、まっすぐに樋口を見た。「では、捜査をやり直していただけるのですね」

善之も真知子と同じくらい顔色が悪かった。襖《ふすま》が開け放たれており、祭壇が見えた。お骨が置かれているので、すでに葬儀は終わったということだ。

樋口は言った。

「線香を上げさせていただけますか？」

善之は言った。

「お願いします」

樋口と藤本は、奥の部屋に案内され、線香を上げた。遺影を見た。捜査資料の中にあった写真と同じ人物とは思えなかった。やはり遺影は特別なものに見える。

リビングルームに戻ると、お茶が出ていた。真知子が善之の近くに座った。

善之がもう一度言った。

「捜査をやり直してくれるのですか？」

樋口はこたえた。

「現時点では、何とも言えません」

「では、どうして話を聞きにいらしたのですか？」

妙な期待を持たせてはいけない。そう思ったので、樋口の発言はいっそう慎重なものになっていた。

「ご両親が、捜査の結果に納得されていないという話を聞いたものですから……」

善之の顔に、明らかに失望の色があった。

「納得はしていません。友彦が自殺するはずはないんです」

「なぜです？」

「そんな兆候はまったくありませんでした。なあ……」

善之は真知子に同意を求めた。

「ええ」

真知子がこたえた。「いつもと変わらずに学校に出かけていきました。それなのに……」

樋口は質問した。

「そのまま学校から帰らなかったのですね」

「はい……」

「荒川にはよく行かれたのですか？」

「さあ……」

真知子がこたえた。「別の刑事さんにも、同じことを訊かれましたが、わからないんです」

「わからない？　ご子息から、そのような話を聞いたことはありませんでしたか？」

「荒川へ行くという話ですか？　いいえ、聞いたことはありませんでした」

「自殺の兆候を見逃していたということもあり得ます」

樋口が言うと、善之がかぶりを振った。

「そんなことはありません。友彦は、春休みに旅行に行くのを楽しみにしていたんです。それなのに、自殺なんて……」

「春休みに旅行……」

「初めて一人旅をするというので、インターネットであれこれ調べて計画を練っていました」

たしかに、自殺を考える者が、未来の計画を立てるというのはおかしい。だが、実はこれは珍しいことではない。

カムフラージュだということも考えられる。また、躁と鬱を繰り返すタイプの人は、周囲の人々が予想もつかないことをしてしまうことがある。

樋口は尋ねた。

「ご子息は、気分にむらがあるほうでしたか？」

真知子がこたえる。

「いいえ。そういうことはありませんでした」

「SNSに遺書のような書き込みがあったと聞きましたが……」

善之が言った。

「それ、私どもも刑事さんから見せてもらいましたが、あれが遺書だなんて……」

樋口と藤本は顔を見合わせた。

樋口が言った。

「それを拝見できますか？」

善之は怪訝《けげん》そうな顔で樋口を見た。

「警察の方が見つけたものですよ」

「申し訳ありません。我々はまだそれを見ていないもので……」

「それはどういうことです？」

「SNSの書き込みを見つけたのは、千住署の捜査員です。私と藤本は警視庁本部から参りました」

「よくわかりません……」

一般の人に、本部だ所轄だと言ってもなかなか理解してもらえないだろう。テレビドラマなどからそれらの知識を得る人もいるようだが、それはごく一部の人々だ。

「通常の捜査は、警察署ごとに行われます。重要な事案になると、警察署だけでなく、我々警視庁本部の者が出向くことになります」

善之と真知子に、再び期待の表情が浮かんだ。

善之が言った。

「じゃあ、友彦のことが重要な事案だということですね？」

「それはまだわかりません」

そう言うしかなかった。「重要事案かどうかを見極めるために、こうしてお話をうかがっているのです」

「今まで、警察の人はまったく聞く耳を持ってくれませんでした。話を聞いてもらえるだけでも一歩前進だと思います」

「SNSの記録はありますか？」

「パソコンの画面のスクリーンショットがあります」

「画面をそのまま記録した画像ですね」

善之が席を立ち、サイドボードの上に積んであった書類の中から、クリアファイルを抜き出した。

そのクリアファイルに挟まっていた紙を取り出して、樋口に差し出した。

「スクリーンショットを印刷したものです」

「拝見します」

樋口はA４判の紙を手に取った。

お馴染みのSNSの画面だ。そこに短い書き込みがあった。

「勘違い。まあ、そんなこともある。

生きていくのは、なかなか難しい。

そんなつもりじゃなかったのになあ。

後悔先に立たずだ」

樋口はそれを藤本に渡した。そして、両親に言った。

「これだけじゃ、何のことかわかりませんね……」

善之が真知子を見た。真知子がこたえた。

「私たちにもわからなかったんです。日記感覚で書き込んだのかもしれません。ただ、どう読んでもこれが遺書だとは思えません」

樋口はうなずいた。

「千住署の捜査員たちは、どう言っていたのですか？」

善之がこたえた。

「『生きていくのは、なかなか難しい』。そう書いているのを見て、これが遺書代わりだということは明らかだと……」

捜査員は、常に合理的な説明を求めている。わずかでも事件への関係性を示唆するものがあればそれに飛びつく。

猟犬が獲物のわずかな臭いを嗅ぎつけるようなものだ。そして、それに固執するあまりに、こじつけであることに気づかないこともある。

特に、所轄では次から次へと事件が舞い込む。捜査員たちは常に寝不足で疲れている。手っ取り早い説明で納得する傾向があることは否定できない。

そして、こじつけであれ理屈が通ればそれを根拠や証拠として採用する。たいていは検事もそれで納得する。

それで大きな問題が起きることはあまりない。捜査員はプロだからだ。熟練の職人が、ヤマカンで驚くほど正確な仕事をこなすように、刑事にも勘どころがあり、滅多に過ちを犯さないのだ。

しかし、落とし穴はある。慣れに甘えていると、時に恐ろしいことが起きると、樋口は思っている。

藤本が紙を返そうとしたら、善之が言った。

「それはお持ちくださってけっこうです。私はスクリーンショットのデータを持っていますから……」

樋口がうなずきかけると、藤本はその紙をルーズリーフのノートにはさんだ。

よくテレビドラマなどで、捜査員が手帳にメモするのを見るが、実際の聞き込みではそれではとても間に合わない。

多くの捜査員はルーズリーフのノートを持ち歩いている。クリップボードがついた便利なノートもよく使われている。

樋口は真知子に尋ねた。

「警察に行方不明者届を出されたそうですね」

「そうなんです。朝まで帰りを待ったのですが、戻ってこないので、警察に行って……。なのに、警察は何もしてくれませんでした」

「申し訳ありませんが、一般行方不明者はすぐに捜索されることはありません」

「でも、友彦は殺されたんですよ」

真知子の感情が高ぶってきた。彼らはじっと怒りを抑えているのだ。悲しみと喪失感は、たやすく他人に対する怒りへと転化する。

子供を失うのは耐えられないほどの悲しみだ。経験したことはないが、想像すればわかる。もし、照美を失ったとしたら……。

樋口はできるだけ冷静な口調で言った。

「殺されたとおっしゃる根拠は何でしょう？」

「だって……。友彦が自殺なんてするはずがないですから……」

樋口はうなずいた。真知子が言ったことは根拠にはならない。だが、彼女の言いたいことはよくわかる。

善之が言った。

「首に傷があったんです」

「首に傷……」

樋口はオウム返しに確認した。

「そうです。それって、絞殺されたという証拠になるんでしょう？　吉川線とか言うんでしたっけ」

「よくご存じですね」

「何かで読んだんだと思います。ネットの記事だったか……」

「首に傷があったというのは、確かなんですね？」

「写真を撮ってあります」

善之はポケットからスマートフォンを取り出し、画像を表示して樋口に見せた。すでに経《きよう》帷子《かたびら》を着ているので、葬儀の直前だろう。顔と首が写っている。

傷があると言われればあるような気もするが、はっきりと吉川線と呼べるような明らかな引っかき傷には見えなかった。

樋口も吉川線は見慣れている。たいていは、もっと激しくかきむしったような跡だ。だいたい、そのような傷なら千住署の捜査員たちが見逃すはずがない。

樋口は言った。

「この写真をお預かりできませんか？」

「メールアドレスを教えてくれれば、お送りしますよ」

藤本がノートに自分のアドレスを書き、そのページを切り取って善之に手渡した。

「待ってください。今すぐに送ります」

善之はスマートフォンを操作した。ほどなく、藤本のスマートフォンに写真が届いた。藤本がその画像を開いて、樋口に示した。

樋口はさらに尋ねた。

「司法解剖を希望されたそうですね。首の傷が気になったからですか？」

「それだけじゃありません」

善之が言った。「ちゃんと解剖すれば、死因がわかると思ったんです。溺死かそうでないかがわかるでしょう？」

「溺死ではないとお考えなのですね？」

「首を絞められて殺された可能性があるんです。それを司法解剖でちゃんと確かめてほしかった」

「しかし、千住署はそれを断ったのですね？」

「けんもほろろでしたよ。いつまでも亡骸《なきがら》をそのままにしておくわけにもいきません。諦めて火葬を済ませました」

善之の眼が赤くなっている。激しい怒りをこらえているのだ。

真知子が言った。

「ちゃんと調べようとしたら、刑事さんに叱られました」

「叱られた……？」

その問いにこたえたのは善之だった。

「どこかで解剖をしてくれないかと、ダメ元でいくつかの大学病院に問いあわせたんです。そうしたら、千住警察署から電話があって、勝手なことをするなと言われたんです」

おそらく、普段司法解剖を請け負っている大学病院から千住署に知らせが行ったのだろう。

善之の言葉が続いた。

「電話の向こうの刑事は、こう言いました。『あんたら、警察の捜査に何か文句があるのか。それならこっちにも考えがあるぞ』と……」

「それで……？」

「私は驚いて何も言えませんでした。そして、その刑事は、捨て台詞《ぜりふ》のように『余計なことをしたら公務執行妨害だぞ』と言いました。電話が切れたあと、私は長い間呆然《ぼうぜん》としてしまいました」

公務執行妨害は、警察官にとっては実に便利な罪名だ。もちろん、千住署の捜査員は本気で言ったわけではないだろう。脅しにしてもたちが悪いと、樋口は思った。

「その捜査員の名前を覚えてらっしゃいますか？」

「電話をかけてきた刑事は名乗りませんでした」

「そうですか……」

相手は、桐原係長、高木、そして土井のうちの誰かなのか。

樋口は、そろそろ潮時だと思った。二人が冷静さを保っているうちに引きあげるべきだ。

礼を言って立ち上がった。

「お願いです」

善之が言った。「ちゃんと調べてください」

樋口と藤本は、井田家をあとにした。

マンションを出ると、藤本が言った。

「遺族を恫喝したって話、本当だったようですね。許せません」

「そうだな」

俺も今、腹を立てている。

樋口はそれをはっきりと自覚した。

7

警視庁本部庁舎に戻ったのは、午後六時過ぎだった。

係の者は小松川署に詰めている。がらんとした係の島を眺めていると、藤本が言った。

「誰が井田さんのご両親を恫喝したのか、明らかにする必要がありますね」

樋口はこたえた。

「そうだな……」

だが、それをやれば、千住署強行犯係の反発は決定的になるだろう。「いずれ、そうしなければならないが、今はまず事件の真相を知ることが先決だ」

「係長、今、事件とおっしゃいましたね」

「ああ。事故ではあり得ない。自殺だとしても、事件は事件だ」

「でも、私たち殺人犯係が事件と言うときは、たいていは他殺のことですよね」

「そうだな。他殺の線も充分にあり得ると、俺は考えている」

「遺体の写真、どうしましょう」

井田の父親が送ってくれた、頸部《けいぶ》の傷を写した写真だ。

「俺にも送ってくれ」

「はい」

藤本がスマートフォンを操作する。ほどなく、樋口の電話にメールの着信があった。添付されている画像を開いてみた。

遺体の写真。樋口は見慣れているが、遺族がこの写真を見るときの心境を想像して気分が暗くなる。

頸部にたしかに筋のようなものが見える。二本指で画面を押し広げてみる。すると、写真がぼやけてしまい、かえって筋が見えづらくなった。

藤本も自分のスマートフォンでその画像を見ているようだった。

「やっぱりご両親が主張されるように、吉川線じゃないでしょうか」

樋口は言った。

「どうだろう。これまで何度も吉川線は見ているが、たいていはもっとはっきりとしている。自分の喉を絞めている紐などを必死に引き剝がそうとするので、傷は何本も、しかもかなり深く残る」

「はい」

「だが、この写真の傷はかなり浅いし、本数も少ない。せいぜい三本ほどだ。千住署の捜査員が、これを他殺の根拠としなかった理由もわかるような気がする」

藤本が驚いたような顔になった。

「え……。係長は他殺の線も充分にあり得ると、今おっしゃったじゃないですか」

「まだ結論は出せないということだ。他殺の可能性もあるし、自殺の可能性もある。事故だという可能性だって否定はしきれない。だから、今、千住署の連中を追い詰めるわけにはいかないということだ」

「わかりました」

藤本は、冷静になろうと努めている様子だった。「とにかく証拠固めですね。次はどうします？」

樋口は言った。

「井田さんは、学校に行ったまま行方がわからなくなり、そのまま遺体が発見された。学校で事情を聞いてみなければならないと思う」

「学校となると、今からじゃ遅いですね」

「ああ。明日訪ねてみよう」

「わかりました」

それから樋口は、もう一度、藤本しかいない係の島を眺めた。そして、つぶやくように言った。

「小松川署の件はどうなっただろうな……」

「気になりますか？」

「そうだな」

「だったら、電話してみたらどうです？」

「オグさんに任せたんだ。俺が電話するのは余計なことだろう」

「係長から電話をもらったら、オグさんもほっとするんじゃないですか？」

そうだろうか。

こういうとき、周りにいる者たち、特に女性はどうして即座に決断できるのだろう。

樋口はいつもそう思う。妻の恵子や、若い部下である藤本に尻を叩かれることがあるのだ。決断ができずに、彼女らの指示を言い訳にしているのではないかという気がする。

ともあれ、このまま放っておく気にはなれない。藤本が言うとおり、小椋に電話してみることにした。

「はい、小椋。係長、どうしました？」

「そちらのことが気になりまして……」

小椋が苦笑するのがわかった。

「それなら、俺になんかじゃなくて、天童管理官に電話すればいいのに……」

「いや……。今の俺は部外者だから、天童さんには……」

「そんなことを気にする間柄ですか。部外者とおっしゃいましたね」

「はい。今回はそういうことになるでしょう」

「ならば、俺みたいな下っ端に電話してもだめです。何もしゃべれませんよ」

「そうですか」

「ですからね、天童管理官に電話してください」

「わかりました」

「じゃあ……」

「あ、オグさん」

「何です？」

「俺の代わりを頼むと言っておきながら、こんな電話をして、申し訳ないと思っています」

「係長の気持ちはわかりますから、そんな気を遣わんでください」

樋口は電話を切るとすぐに、天童にかけてみた。

「ヒグっちゃんか。どうした」

「すいません。余計なことかと思いましたが、そちらのことが気になりまして……」

「今、防犯カメラの映像を解析して、さらに目撃情報を追っているところだ」

「被疑者の映像があるんですか？」

「被疑者かどうかわからないが、現場付近で何人か不審な人物が映っていた。被疑者を特定するには、まだしばらくかかりそうだ」

天童は、何のこだわりもなく捜査の進捗状況を話してくれる。樋口は恐縮してしまった。

「私は部外者ですが、よろしいんですか？」

「電話しておいて、何を言っている。部外者だというが、捜査本部にいるのは、みんなヒグっちゃんの部下じゃないか」

「はい……」

「こっちのことは心配ない」

「みんなが不眠不休で捜査をしているのに、申し訳ないと思いまして……」

「そっちだって大切な事案なんだ。いいか、俺はヒグっちゃんにしかできない仕事だと思っている。しっかりやってくれ」

「わかりました」

「それで、どうなんだ？」

「千住署で話を聞き、さらに亡くなった井田さんのご両親に会ってきましたが、今はまだ何とも言えません」

頸部の傷のことは、今は報告する必要はないと思った。それが吉川線であるかどうか、まだわからない。

「そうか。千住署の反応は？」

「今のところは、何も言わずに協力してくれていますが……」

「わかった」

「では、失礼します」

「あ、ヒグっちゃん」

「はい」

「わかっていると思うが、こっちの進捗状況によっては、俺と連絡が取りにくくなると思う」

「承知しております」

「じゃあな」

電話が切れた。

樋口は携帯電話をしまうと、藤本に言った。

「明日の午前中に、学校を訪ねよう。今日は解散だ」


午後八時前には帰宅した。

「あら、外れた」

恵子が言った。樋口は聞き返した。

「外れた？　何のことだ」

「平井かどこかで、殺人事件があったでしょう。二人殺されたっていう……」

小松川署の事案のことだ。

「ああ」

「もしかしたら、その捜査本部かなって……」

長年刑事の妻をやっているだけのことはあると、樋口は思った。

「天童さんとうちの係の者が行っているが、俺は別動だ」

「ベッドウって？」

「別件を任されている。これ以上しゃべるとクビが飛ぶ」

「失業は勘弁してほしいから、もう訊かないわ」

「照美は？」

「今日も残業みたい」

「そうか」

その日も、二人きりの食卓だった。会話らしい会話もなく夕食を終える。かといって、気まずいわけではない。それがありがたい。

午後九時を過ぎて、照美が帰ってきた。やはり食事は済ませてきたという。

恵子に言われたように、将来の計画について照美と話をしなければならないと思った。だが、照美は疲れている様子だ。

今日でなくてもいいだろうと、樋口は思った。照美と話をするのが嫌なわけではない。だが、いい加減な気持ちで対処するわけにはいかないと思う。娘の人生なのだから本気で向き合わなければならないのだ。

照美も樋口も疲れている。そして、照美は自分の部屋に行き、出てこようとしない。会話のきっかけがつかめない。

またにしよう。

樋口はそう思った。

仕事ならどんなに面倒なことも、決して後回しにはしない。だが、家族のこととなると、このありさまだ。

いったい、なぜなんだろう。樋口はそんなことを考えながら、リビングルームでテレビを眺めていた。


午前八時半に登庁すると、すでに藤本がいて樋口を待っていた。

「すぐに出かけますか？」

「ああ。学校はどこだ？」

「足立区中央本町です。アポはどうします？」

「刑事の訪問は、いつもアポなしだ」

「了解しました」

藤本によると、最寄りの駅は東武伊勢崎線の五反野《ごたんの》だという。北千住で乗り換えだ。

学校に到着したのは、午前十時頃のことだった。正面玄関を見つけ、窓口で警察手帳を提示した。

事務員らしい中年男性は、かすかに眉をひそめた。

「ご用件は？」

「亡くなられた井田さんについて、お話をうかがいたいのです」

「少々お待ちください」

「少々」ではなく、かなり待たされた。窓口ではなく、廊下に一人の男が現れた。細身で神経質そうな人物だ。

「副校長の松尾《まつお》と申します。井田友彦のことだとか……」

「はい。お話をうかがえますか？」

「もう警察にはお話ししましたが……」

「すいません。改めてうかがいたいことがありまして……」

松尾副校長は、猜疑心に満ちた眼差しを向けてくる。

「まあ、お上がりください」

副校長自ら、来客用のスリッパを出してくれた。樋口と藤本は、校長室に案内された。立派な応接セットがあり、そのソファに座るように言われた。

松尾副校長が、恰幅《かっぷく》のいい人物を連れてきた。

その人物が言った。

「校長の篠山《しのやま》です」

樋口と藤本はいったん立ち上がり、名刺の交換をした。

副校長のフルネームは松尾浩志《ひろし》、校長は篠山雅文《まさふみ》だった。

全員が腰を下ろすと、篠山校長が言った。

「井田友彦については、すでに結論が出ているものと思っていました」

樋口はこたえた。

「ええ。千住署では、自殺という結論を出したようですが……」

それを聞いて篠山校長は、改めて樋口の名刺を見た。

「警視庁捜査一課……。本庁の方なんですね?」

「ええ……。ちなみに、本庁という言い方はあまりしません。普通我々は本部と呼んでいます」

「その本部が、井田のことを調べ直すということですか」

「調べ直すかどうかは、まだわかりません。その必要があるかどうかを調べているのです」

篠山校長が言う。

「何か不審な点があるということですか？」

「確認したいことが、いくつかあるんです」

「どんなことでしょう」

「井田さんは、何かトラブルを抱えていませんでしたか？」

「トラブル……？」

「誰かと揉めるとか……」

「いえ、そのようなことはありませんでした」

篠山校長は断言した。それが、かえって信憑性が薄いと、樋口は感じた。

校長が学校の生徒一人ひとりの事情をすべて把握しているとは思えない。それなのに断定的なのは、ちゃんと考えていないということではないか。

「仲のいい友達とかはいらっしゃいましたか？」

「ええ、そりゃあ……」

「その生徒さんの名前を教えていただけますか？」

篠山校長と松尾副校長は顔を見合わせた。

松尾副校長が言う。

「そういうことは、プライバシーに関することですので……」

個人情報には、どの団体も神経質になっている。学校も例外ではない。

個人情報保護法の施行以来、各団体ではうかつに名簿も作れないらしい。必要な法律であることはわかる。だが、それによってずいぶんと不便になったこともあるのではないか。

警察の捜査もやりにくくなった。何かというと、個人情報だからとか、プライバシー保護のためだとか言われる。

樋口は言った。

「捜査のために、ご協力いただけませんか」

松尾副校長が言う。

「令状をお持ちなら、お教えしなければならないでしょうが……」

テレビドラマなどの影響か、こういうことを言う人が増えた。彼らは、いざ令状が出されたらどういうことになるかわかっていないのだ。

捜索令状、正確には捜索差押許可状だが、それを手にした捜査員は、当該施設内をすべてひっくり返し、徹底的に調べた上に、パソコンなど普段の仕事に必要なものを、ごっそりと押収して帰るのだ。

令状など持ってこられる前に、捜査に協力したほうが、ずっと穏便に済ませられるということがわかっていないのだ。

樋口は言った。

「今はまだ、強制捜査をするつもりはありません」

篠山校長と松尾副校長は、ほっとした顔になった。

樋口はさらに言った。

「担任の先生にもお話をうかがいたいのですが……」

松尾副校長がこたえた。

「その必要はないでしょう。我々がちゃんと事情を聞いていますので……」

「私たちは、できるだけ具体的な事情を知りたいのです。日常的に井田さんと接触されていた方からお話をうかがう必要があるのです」

篠山校長が言う。

「こうして私たちが質問におこたえするだけでも、ずいぶんと協力していることになると思うんですがね……」

口調はまだ穏やかだが、明らかに抗議の姿勢を示しはじめた。

「おっしゃるとおりです」

樋口は言った。「しかし、私たちも仕事ですので、このへんのことをきっちりやっておかないとならないのです」

校長と副校長は、警察に担任を会わせたくない理由でもあるのだろうか。樋口はそんなことを思った。

篠山校長が言った。

「まあ、そういうことでしたら……」

それから、松尾副校長に目配せをする。松尾副校長は渋い顔で立ち上がり、校長室を出ていった。

担任を呼びにいったのだろう。彼が戻るのを待つ間、樋口は口を開かなかった。藤本も何も言わない。篠山校長も無言だった。

沈黙の中、篠山校長も藤本も、何事か考えている様子だった。

思ったより早く、松尾副校長が戻ってきた。彼は同行してきた男性を紹介した。

「井田の担任の笹岡《ささおか》です」

樋口と藤本は立ち上がり礼をした。

再びソファに座ると、樋口は言った。

「笹岡先生のフルネームをお教えいただけますか？」

彼はこたえた。

「笹岡陽一《よういち》です」

「井田さんのクラスの担任ですね？」

「ええ、そうです」

「どこか別の場所で、お話をうかがえませんか？」

笹岡は戸惑った様子で松尾副校長と篠山校長を見た。

「ええと……。それは……」

松尾副校長が言った。

「ここで話をしていただきます。それが笹岡先生と話をする条件です」

樋口は尋ねた。

「それはなぜです？」

松尾副校長が、聞き返した。

「どうしてここではいけないのです？」

樋口は思った。

ここで校長や副校長の機嫌を損ねても、いいことなど何もない。時には妥協も必要だ。

樋口は笹岡に質問を始めた。

「最近、井田さんに、何か変わった様子はありませんでしたか？」

笹岡は、もう一度副校長と校長を見た。

8

「変わった様子ですか？　いえ、気づきませんでした」

笹岡がこたえた。彼は、平静を装っているが、眼球が必要以上に動くことに、樋口は気づいた。

緊張している。刑事に質問されれば誰でも緊張するものだ。人によって差があるが、たしかに緊張しやすい人がいる。笹岡もそうなのだろうか……。

樋口は質問を続けた。

「何か悩みを抱えているような様子は……？」

「悩みですか？　さあ、聞いたことはありませんね」

「井田さんとは、よく話をなさいましたか？」

「ええ、うちのクラスの生徒ですから……」

松尾副校長が言った。

「笹岡先生は、熱心ですからね。生徒ともよく話をしています」

樋口はその言葉に、かすかにうなずいただけだった。

笹岡への質問を続ける。

「誰かと対立しているようなことはありませんでしたか？」

「対立ですか……」

「ええ。誰かから憎まれているとか、怨《うら》みを買ったとか……」

「そういうことはなかったと思います」

篠山校長のこたえとほぼ一致している。だが、この場合の一致は事実の確認にはならないと、樋口は思った。

つまり、口裏を合わせているかもしれないのだ。

学校というのは、警察にとってはなかなか面倒なところだ。

全共闘時代、大学は警察当局と激しく対立した。今でも大学の自治を尊重し、構内に警察官が無断で立ち入ることはできない。

高校や中学でも、問題が起きたときに警察の介入をできるだけ避ける傾向がある。こちらは、ＰＴＡへの忖度《そんたく》も理由の一つだと言われている。

学校で起きた問題は、内々で片をつけようとする傾向が強いのだ。だから、問題が表面化しにくい。

「井田さんと仲がよかった生徒さんを教えていただけますか？」

「仲がよかった生徒ですか……。いやあ、そういうの、あんまり気にしてなかったですね」

「つまり、誰と仲がよかったのかわからないということですか？」

「ええ……」

笹岡は、緊張の度合いを高めている。汗をかきはじめた。「プライベートなことは、よくわかりません」

本当だろうか……。樋口は思った。

「井田さんは、春休みに旅行を計画していたそうですね？」

「え……。誰がそんなことを言いました？」

笹岡は、心底驚いた様子だった。樋口は言った。

「ご両親が、そうおっしゃっていました」

「ああ、ご両親が……。それなら、そのとおりなのでしょう」

「それについて、ご存じなかったのですか？」

「知りませんでした。井田は、私にそういうことはしゃべりませんでしたから……」

「井田さんは、どんな生徒さんでしたか？」

「どんなって……」

笹岡は戸惑った様子で、また、松尾副校長と篠山校長のほうを見た。「あまり目立たない生徒でしたね」

「遺体が発見されたのは、荒川の西新井橋の下でした。彼は何か荒川に行く用事でもあったのでしょうか？」

笹岡は首を傾《かし》げるばかりだ。

「さあ……。私は何も聞いていません」

「誰かそれを知ってそうな人はいませんか？」

笹岡がかぶりを振る。

「いいえ。私にはわかりません」

樋口は藤本を見た。何か言いたそうにしている。だが、質問したいわけではなさそうだ。

樋口は笹岡に言った。

「お忙しいところ、ご協力いただき、ありがとうございました」

「もうよろしいんですか？」

「はい。何か思い出されたら、名刺に書いてある携帯の番号に連絡をください」

笹岡は「わかりました」と言い、改めて樋口と藤本の名刺を見た。

樋口は立ち上がり、さらに篠山校長と松尾副校長に礼を言って、校長室を出た。

松尾副校長と笹岡が、玄関まで見送ってくれた。見送るというより、樋口たちの行動を監視しているようだった。

校舎を出て、グラウンドの脇の道を歩きながら、樋口は藤本に言った。

「どう思った？」

「副校長も校長も、相当のタヌキですね」

樋口はうなずいた。

「それに、笹岡先生は、何かを隠しているようだった」

藤本が何度も力強くうなずく。

「私もそれを感じました」

「しかしな、俺たちがそう感じただけで、身柄を取ったりはできない」

「笹岡先生は、校長や副校長から口止めをされているのではないかと思います」

「そうかもしれない」

だからこそ、校長や副校長がいないところで、笹岡から話を聞きたかったのだ。

「今日は顔見せだ」

樋口は言った。「笹岡先生には、何度か話を聞くことになるだろう。そのときは、校長や副校長がいないところで尋問しようと思う」

藤本が「はい」と言ってうなずいた。


本部庁舎に戻ったのは、十二時を少し回ったところだった。食堂もカフェテリアも混み合っているだろう。外の飲食店はもっと混んでいるはずだ。

「食事は一時過ぎまで待つか」

「はい」

藤本が何事か考えている。樋口は尋ねた。

「何か気になることでもあるのか？」

藤本は一瞬だけ迷いを見せてから言った。

「井田さんのご両親を恫喝した刑事のことなんですけど……」

「うん」

「どうも、あの二人がやったとは思えないんです」

「あの二人って、千住署の高木と土井のことか？」

「はい。あくまでも私が受けた印象なんですが、高木さんも土井さんも、遺族に脅しをかけるような無神経なタイプには見えませんでした」

「実は、俺も同じことを感じていた」

「だとしたら、遺族を脅したのは桐原係長でしょうか」

樋口は、しばらく考えてから言った。

「どうだろう。桐原係長は以前から知っているが、彼もそういうことをするような男じゃない」

「でも、ご両親が恫喝されたのは事実でしょう？　まさか、ご両親が嘘をついているとか……」

「いや。彼らは嘘はついていないと思う」

「だったら、井田さんの件を担当していた高木さんか土井さん、あるいは桐原係長ということになりますよね」

「そうとも限らない。とにかく、決めつけないことだ。いずれ、そのことも調べなければならないと思うが……」

遺族を恫喝した者を割り出す。そして、それを明るみに出せば、千住署に世間の非難が集まるだろう。

そうなれば、樋口と千住署の対立は決定的となる。桐原係長も腹を立てるだろうし、署長が黙っていないかもしれない。

できればそういう事態は避けたい。樋口は切実にそう思った。

だが、遺族に対して心ない態度を取った者に、強い怒りを感じているのも事実だ。放っておくわけにはいかないと思っている。

つまり、樋口はどうしていいのかわからないのだ。天童は「ヒグっちゃんにしかできない仕事」だと言ったが、とても自分に解決できる問題ではないと、樋口は感じていた。

だが、そんなことを言ってはいられない。井田の身に何が起きたのかを突きとめなければならない。

「鑑識の意見が聞いてみたいな」

樋口が言うと、藤本が眉をひそめた。

「現場を見た鑑識ですか？」

「ああ。桐原係長に連絡してみよう」

「電話します」

「いや、俺が電話をしよう」

もしかしたら桐原は難色を示すかもしれない。藤本には荷が重いのではないかと思ったのだ。

樋口は固定電話の警電で千住署の桐原係長にかけた。

「はい、強行犯係」

「樋口です。昼時にすいません」

「ああ、かまわんよ」

「昨日はありがとうございました」

「何か参考になったかね」

「はい。助かりました」

「それで、今日は何だね？」

「鑑識の話を聞けないかと思いまして……」

「鑑識……？　自殺の件の？」

「ええ……。もし、差し支えなければ……」

「差し支えはあるね」

やはり機嫌を損ねたか……。樋口はそう思った。

桐原係長の言葉が続く。

「鑑識はいつも大忙しでね。しかも、係長が偏屈なやつときている。つかまえて話を聞くのは一苦労なんだ」

「でしょうね。鑑識は、どこの署でも大忙しですから……」

「だが、何とか話をつけておくよ。いつ来られるんだ？」

「二時でどうでしょう？」

「了解だ」

電話が切れた。

桐原は腹を立てたわけではなさそうだった。樋口は、大きく息を吐いて受話器を置いた。

藤本と二人で昼食を済ませ、千住署に向かった。

先ほどの電話では、桐原係長はまだ協力的だった。だが、いつ突然態度を変えるかわからない。

樋口は大げさではなく、地雷原に足を踏み入れるような気分で、千住署を訪れた。

強行犯係にやってくると、桐原係長だけがいた。高木や土井の姿もない。係員たちは、担当の事案を追っているのだ。

すでに、彼らにとって井田の件は過去のものだということだ。高木と土井も、次の事案を捜査しているのだろう。

桐原係長が言った。

「まったく物好きだな。高校生の自殺がそんなに気になるのか？」

「ええ。昨日も言いましたが、私にも娘がいますので……」

「たしかに痛ましい出来事だが、そんなにこだわるほどのことじゃあるまいに……」

「すいません。ご迷惑をおかけします。しかし、どうして、高校生が自ら命を絶たなければならなかったのか、納得できる理由を見つけたいんです」

桐原係長は、あきれた顔になった。

「鑑識の話を聞きたいんだったな。ちょっと待ってくれ」

彼が受話器を取り、内線電話をかけると、ほどなく、紺色の活動服姿の男が近づいてきた。

桐原係長が紹介した。

「鑑識の山崎至《やまざきいたる》係長だ。こちらは、本部の樋口係長に藤本さん」

山崎鑑識係長は、五十代半ばに見えた。明らかに樋口より年上だ。髪がかなり薄くなっている。

彼は仏頂面だった。桐原係長が言ったとおり、気むずかしい人物なのだろう。

山崎が言った。

「自殺の件だって？　今さら、何なんだ？」

桐原係長が言う。

「納得できる理由が知りたいとおっしゃるんだ」

「ふん。自殺に納得できる理由なんてあるもんか。そんなのは、本人にしかわからねえよ」

樋口は言った。

「おっしゃるとおりですが、きっかけとなった出来事などがあるはずだと思いまして……」

「それを、何で鑑識の俺に訊くんだ？」

樋口は言った。

「うかがいたいのは、現場のことなんです」

「現場のこと？」

「遺体は浮かんでいたわけではないんですね？」

「ああ。着底していた」

「つまり、遺体は川底にあったということですね」

「そうだよ」

「その状態で、体が水面から出ていたのですね？」

「上半身が出ていた。腰から下は水没していたな」

桐原係長が、会話に割って入った。

「おいおい、今さらそんな話をしてどうしようっていうんだ？」

樋口はこたえた。

「状況をつぶさに把握しておきたいんです。そうせずにはいられない性分なんです」

「何度確認しても同じことだよ。遺体は、河岸で発見された。それだけのことだ」

「知らせを聞いた当初は、遺体が浮かんでいたのだと思い込んでいたんです。しかし、そうじゃなかった。それで、私はすっかり戸惑ってしまいましてね……。状況がまったくわからなくなってしまったんです」

「それが、何か問題なのかい。俺たちがちゃんと調べたんだよ」

「ええ。もちろんわかっています。でも、桐原さんたちは、現場で遺体をご覧になりましたよね？　ですが、私は見ていないのです。そのせいで、出来事の認識に大きな開きがあるんだと思います」

「まあ、百聞は一見にしかずって言うからな……。それで、何を確かめたいんだ？」

「井田さんがどこで亡くなったか、です」

桐原係長と山崎鑑識係長が顔を見合わせた。

桐原係長が樋口に聞き返した。

「どこで死んだか？　遺体が発見された場所じゃないのか？」

「私も当初はそう思っていました。しかし、現場で、高木さんがこう言いました。遺体は頭を岸のほうに向け、足が川の中ほどのほうを向いていた、と……」

桐原係長がうなずく。

「そのとおりだが……」

「当然ながら、岸側よりも川の中ほどのほうが深いですよね？　そして、遺体が発見されたときには、腰から下は水に浸かっていたけれど、上半身は水面から出ていたということでした」

「それがどうかしたのか？」

「逆なら溺死したというのも、まあ納得できないこともありません」

「逆？」

「つまり、頭が深いほうを向いていて、水に浸かっていたというのなら、溺死したというのは理解できるのです。しかし、発見されたときはその逆だったのですよね？」

山崎鑑識係長が言った。

「だから何だっていうんだ。溺れ死んだ後に、上半身が浅瀬に乗り上げたのかもしれない。

川には流れがあるからな」

「でも、遺体には重りが縛りつけられていたんですよね？　ダンベルだったと聞いています」

山崎鑑識係長がうなずく。

「そうだよ」

「だから、遺体は着底していたんですよね？」

「そのせいもあるだろうな」

「だったら、流れで動いたりはしないでしょう」

「水ってのは、やっかいでね。時に俺たちの想像を超えることをやってのけるんだ。浮力というのはばかにできない。重りがあっても、流れに押されて意外な動きを見せるかもしれねえんだ。だから、深いところで溺死して、その後、流れに押されて岸に近づいたのかもしれねえよ」

「遺体が水に浮いていたら、それは充分に考えられますね」

「浮いていたのかもしれない」

「入水後、時間が経って、腹腔内にガスが発生していたら、遺体が浮くことは充分に考えられます。しかし、遺体が発見されたのは、死後約十二時間だと聞いています。まだ、ガスの発生など考えられません。しかも、ダンベルの重りがついていた……」

　山崎鑑識係長は、樋口を睨んだ。

「あんた、何が言いたいんだ？」

「疑問を解消したいだけです。浮かない死体は動かない。そう思うんですが、どうでしょう。私には確かなことはわからないので、鑑識のご意見をうかがおうと思いまして……」

「言っただろう。水中の死体は意外な動きをするものだって……」

「時間が経てば、いろいろなことが起きるでしょう。また、豪雨の後とか水かさが増して流れが激しければ、おっしゃるようなことが起きるに違いありません。しかし、この数日は雨も降っていません。川の流れは穏やかで、とても、重りをつけた遺体を動かすとは思えないのですが……」

　山崎鑑識係長が、桐原係長に言った。

「こりゃあ、立ち話で済みそうにないな」

　樋口が言った。

「どこかで、落ち着いて話をしましょう」

　すると、山崎は樋口を見据えて言った。

「望むところだ」

会議室か何かを押さえてくれるかと思ったが、桐原係長は、近くの椅子を係長席の近くに引っ張ってきて、樋口と藤本に座るように言った。

山崎鑑識係長も、誰かの椅子を持ってきて腰を下ろした。

わざわざ会議室を占領するほどの話ではないと、桐原係長は判断したのだろう。樋口に不満はなかった。こうして話を聞いてくれるだけでもありがたい。

「……で?」

山崎鑑識係長が言った。「ホトケさんの頭が岸のほうを向いていたってのが、どうして問題なんだい?」

樋口は言った。

「別に問題だと言っているわけではありません。不明な点をはっきりさせたいだけです」

「不明な点というのは、何だ?」

「先ほども言いましたが、井田友彦さんがどこで亡くなったか、です」

「発見された場所で亡くなったんだと、俺たちは考えている。それで何の問題もないはずだ」

「はい。おっしゃるとおりだと思います。ただ、どうしてもわからないもので……」

「何がわからない？」

「遺体が発見されたとき、上半身は水の上に出ていたんですよね。それなのに、溺死というのが理解できなくて……」

山崎係長が面倒臭そうに言う。

「水に関わる事件・事故はやっかいなんだと言ってるだろう。想定外のことが起きるんだ。遺体は川底に固定されていたわけじゃない。だから、流れや波で動いたとしても不思議はない」

「ダンベルを重りとしてつけていましたよね。それで川底に固定されていたんじゃないですか？」

山崎係長がかぶりを振る。

「アンカーを打っていたわけじゃないんだ。重りをつけていたって流されることがある」

話が堂々巡りを始めそうだと、樋口は思った。

彼らは、井田友彦が自殺だという前提で捜査をした。だから、あらゆる現象がそれを証明しているように見えるのだ。

自殺だという仮定を否定するような事実は見逃してしまったのかもしれない。それを指摘するのは、無能だと言うのと同じことだ。

だから、樋口は躊躇していた。

山崎係長が言った。

「他に何か？」

「ダンベルを体に縛りつけていたのは、たしか縄跳びのロープでしたね？」

「ああ、そうだ」

「結び目の写真はありますか？」

山崎係長が怪訝そうな顔をする。

「結び目の写真……？」

「ええ。結び方を見れば、いろいろなことがわかるでしょう。右利きの人と左利きの人では結び目が逆になります。また、井田さんが右利きか左利きかわかれば、上方向から縛ったのか、下方向から縛ったのかがわかります」

「おい」

山崎係長が目を丸くした。「下方向から……、つまり足のほうから縛ったとなれば、それは本人じゃなく、別の誰かが縛ったってことになるぜ」

「ですから、確認したいんです」

山崎係長と桐原係長が顔を見合わせた。

桐原係長が言った。

「自殺なんだから、そんなことまで気にする必要はないと思うが……」

樋口は言った。

「自殺という結論を出された過程を、私もなぞりたいんです。そうしないと、どうももやもやして……」

山崎係長が言った。

「わかった。写真を探して調べておく。他には？」

「署で死体見分をしたのですね？」

桐原係長がうなずく。

「ああ。俺たちがやった。それが何か……？」

「目立った外傷がなかったということですね？」

「ああ。それが、自殺と断定した根拠の一つだ」

「では、目立たない外傷についてはどうでした？　微細な擦《す》り傷とか……」

「気がつかなかったな。もっとも、ザキさんが言うとおり、流れや波で遺体が動いたとしたら、傷がついていたかもしれないな」

ザキさんというのは、山崎係長のことだろう。

「それは、死後についた傷ということですね？」

「そういうことになるな」

「生きているときについた、微細な傷についてはどうです？」

「気がつかなかった」

「そうですか……」

そのとき、出入り口のほうから声がした。

「あれ、樋口さんと藤本さん……」

そちらを見ると、高木と土井の若手二人組がいた。声をかけてきたのは、巡査部長の高木だろう。

彼らは年配の男といっしょだった。年齢は五十歳を過ぎているように見える。白髪で中肉中背。

その男が高木に言った。

「誰だね？」

「本部捜査一課の係長さんとその部下の方です」

「捜査一課……」

彼らが近づいてくると、桐原係長が言った。

「ああ、新庄《しんじょう》さん。今高木が言ったとおり、こちらは捜査一課の樋口係長と藤本さん。彼は、主任の新庄道彦《みちひこ》です」

樋口は立ち上がり、礼をした。藤本もそれにならう。

新庄と紹介された男は、笑顔を見せて言った。

「まあ、どうぞ、おかけください。係長が三人も集まって、何の話です？」

樋口と藤本は立ったままだった。

桐原係長が言った。

「例の高校生の入水自殺の件で……」

新庄が眉をひそめる。

「あの件が何か……」

桐原係長がこたえる前に、山崎鑑識係長が言った。

「じゃあ、俺は失礼するよ」

彼は立ち上がり、樋口を見た。「言われたことは調べておく」

樋口は頭を下げた。

「お願いします」

山崎係長が去ると、彼が座っていた椅子に、新庄が腰を下ろした。樋口と藤本も座った。

桐原係長が、新庄の質問にこたえた。

「樋口係長は、あの事案が自殺だったかどうか、確認したいとおっしゃっているんです」

新庄が再び眉をひそめて、樋口を見た。

「ほう……。確認……」

樋口は言った。

「千住署の決定に口を差し挟むつもりはありません。自殺と断定されるに至った道筋をたどって、納得したいんです」

「つまり、今は納得されていないということですね？」

新庄が言った。物腰は柔らかい。反発している様子はなかった。

「正直言って、疑問に思う点がいくつかあります」

「そいつは困りましたね……」

本当に困ったような顔だった。

桐原係長が新庄に言った。

「別に私らが間違ったことをやったわけじゃないんで、訊きたいことがあれば何でもこたえようと思うんですが……」

係長の桐原が、部下の新庄に対して丁寧な言葉づかいだ。警察は厳しい階級社会だが、階級や役職よりも年齢がものを言うことが少なくない。

新庄が桐原係長に言った。

「ええ、もちろん。しかし、もう済んだことじゃないですか」

「なんでも、新聞記者に何か言われたんだそうです」

新庄が驚いた顔を樋口に向けた。

「ブンヤさんに、いったい何を言われたんです？」

触れられたくない話題だったが、知らんぷりはできない。樋口は言った。

「自殺という結論に納得していない人たちがいるということでした」

「そりゃ、樋口係長のことじゃないんですか？」

「いいえ、別の誰かです」

「いったい、誰が納得していないというんです？」

この質問にこたえると、何かと差し障りがある。恫喝した刑事が、今度は両親を訪ねていくかもしれない。言葉を濁すことにした。

「そこまでは聞いていません。記者も取材源を明かしてはくれませんから……」

「つまり、記者を納得させるために、調べ直しているということですか？」

新庄の口調はあくまでも穏やかだ。だが、訊くべきことは訊くという態度だ。さすがに年の功だと、樋口は思った。

「調べ直しているのではありません。そして、記者に言われたからここにやってきたわけでもありません。記者の言葉はきっかけに過ぎないのです」

新庄は困惑の表情だ。

「記者の言葉をきっかけに、何が起きたというのです？」

「井田友彦さんが亡くなった理由について、納得したいと思ったのです」

「それは、自殺の理由が知りたいということなのですか？」

「現時点では、そう言ってもいいと思います」

「現時点では……？」

桐原係長が取りなすように言った。

「いや……。とにかく、みんなに納得してもらうのはいいことですよ。新聞記者だって、ちゃんと樋口係長が説明すればわかってくれるでしょう」

新庄は、桐原係長をちらりと見てから、樋口に言った。

「鑑識のザキさんと話をしていたのはなぜです？　千住署の捜査に何か落ち度があったとい

うことでしょうか？」

樋口は即答できなかった。何を言っても、ごまかしているように聞こえる気がする。

「いえ、落ち度があったとは思っていません。鑑識の山崎係長からは、専門家としての説明をお願いしたのです。私は現場を見ていませんので、いろいろな方からお話をうかがうことしかできません」

新庄があきれたように言う。

「本部の係長ともなると、お忙しいでしょうに……」

「ええ、まあ……。でも、一度手がけた事案を放り出せない性分でして……」

「はあ……」

一転して、新庄は感心したような顔になった。「さすがは、本部で係長になる人は違うなあ……」

樋口は、それが皮肉かどうかしばらく考えていた。結局、わからなかった。

「さて……」

樋口は言った。「あまりお邪魔しては申し訳ないので、このへんで失礼します」

樋口と藤本が立ち上がると、桐原係長も立ち上がった。最後に新庄が腰を上げた。

樋口は桐原係長に礼をしてその場をあとにした。通り過ぎるとき、高木と土井が礼をした。

樋口に対して礼をしたのだが、彼らが藤本を見ているような気がした。

千住署を出て警視庁本部に戻るまで、樋口はほとんど口を開かず、いろいろなことを考えていた。こういうときは、藤本も話しかけてこない。気を遣ってくれているのだろうと、樋口は思った。

樋口班の席に戻ると、樋口は藤本に尋ねた。

「山崎係長が言ったこと、どう思う？」

「水死体がやっかいなことは、よくわかるんですが……」

納得していない様子だ。

樋口は言った。

「こちらの質問に、ちゃんとこたえていないような気がした」

「あ、私もそう思います」

「それはなぜなんだろうな……」

「やる気がないんじゃないですか？」

「いや、そうは思えないんだ。俺も多少は人を見る眼があると自負している。山崎係長は、やることはきっちりやるタイプに見えた。話をしてみてさらにその印象が強まった」

「じゃあ、どうしてちゃんとこたえてくれなかったんでしょう……」

「さあ……」

樋口は考え込んだ。「それが問題だな……」

「ちょっと気になったんですけど……」

藤本の言葉に、樋口は彼女の顔を見た。

「何だ？」

「新庄さんです」

「彼がどうした？」

「あの人、所轄の主任ということは、巡査部長ですよね」

「そうだろう」

「なのに、桐原係長が妙に気を遣っているように感じたんです」

それは、樋口も感じていた。

「どこの署にも、ああいう人がいるものだ。現場第一主義で、昇任試験を受けず、気がついたら係長よりも年齢が上になっている……」

「ええ。巡査部長で定年を迎える人って、けっこういますよね」

警察官が昇任する方法は、試験だけではない。昇任選考という制度がある。

これは、なかなか試験を受けられない専務系の警察官に対する救済措置でもある。例えば、巡査部長だと四十歳くらいを、また、警部補だと五十歳くらいを目処《めど》に、選考が行われる。

新庄は五十歳くらいに見えたので、そろそろ警部補の選考があるのかもしれない。

「警部補になれば、どこかの係長として異動になるかもしれないが、それまではたぶん、今の部署にいるだろうな」

「桐原係長は、やりにくいんじゃないでしょうかね」

「やりにくい……？」

「自分より年上のベテラン刑事が部下にいるんです。いろいろとあるでしょう」

「警察ではよくあることだ。キャリアが出向で警視庁に来たりすると、部下はたいてい年上ということになる」

「係長は、コーヒーに入れるミルクみたいですね」

「何だ、それは」

「何でもマイルドにしちゃうから……」

「マイルドって、どういうことだ？」

「桐原係長は、間違いなく新庄さんのことを煙たく思っているんですよ。でも、係長はそれをオブラートに包んだような言い方をなさいます」

「ミルクだのオブラートだの……。あんまり印象がよくないな」

「そんなことはありません」

「だって、物事をはっきり言わないということだろう。それは、どう考えてもいいことじゃない」

「そうじゃなくってですね。何というか……、おかげで余計な摩擦を生まないというか……。潤滑剤ですかね」

　樋口は苦笑した。

「今度は潤滑剤か」

「千住署での会話だって、ちょっと間違えばたちまち反感を買ってしまいますよね。でも、係長はそれをうまくかわしている感じです。武道の達人みたいです」

「誰かと言い争ったりするのが嫌なだけだよ」

「でも、それはなかなかできることじゃないと思います」

「その言葉は、ありがたく承っておく」

　そのとき、「樋口」と呼ばれた。

　顔をその声のほうに向けた樋口は、反射的に立ち上がっていた。藤本もそれを見て、慌てて起立している。

相手は、石田弘理事官《いしだひろし》だった。課長の補佐役、つまり、捜査一課のナンバーツーだ。細身で見事なロマンスグレーの石田理事官が、怪訝そうな顔で言った。

「樋口班は、天童といっしょに小松川署に行ってるんじゃないのか？」

「おっしゃるとおりです」

「じゃあ、何で係長がここにいるんだ？」

「自分と藤本だけ、別動を命じられまして……」

「別動？　なぜだ？」

「小松川署の事案が起きる前に、手がけていたことがありまして……」

「手がけていたこと？　それは何だ？」

理事官に問いただされて、こたえないわけにはいかない。

「千住署の事案です。高校生が入水自殺したという……」

「自殺……？」

「はい。自殺だという千住署の決定を疑問視する声がありまして……」

「千住署の決定？　つまり、すでに結論が出ているわけだな？」

「はい。しかし、まだいくつか確認すべき点があります」

「小松川署の件は、二人殺されてるんだぞ。そんなことを言っている場合か。係長が捜査本部にいないというのはどういうことだ。すぐに小松川署に行け」

反論する間もなく、石田理事官は歩き去った。

樋口はしばらく立ち尽くしていた。

「ええと……」

藤本の声がして、樋口は座った。腰を下ろした藤本が言う。「どうします？　千住署の件は私一人で追いましょうか？」

「いや、そういうわけにはいかない」

「でも、理事官の命令ですよ」

「天童管理官に指示を仰ぐしかないな」

樋口は時計を見た。午後三時四十分だ。

捜査本部の中が今どうなっているか、まったくわからない。連絡してみるしかない。

樋口は天童の携帯電話にかけた。

10

「どうした、ヒグっちゃん」

天童は、呼び出し音一回ですぐに出た。臨戦態勢なのだなと、樋口は思った。

「申し訳ありません。今、電話してだいじょうぶでしょうか？」

「構わない。何だ？」

「石田理事官から、すぐに小松川署の捜査本部に行くように言われました」

「どういうことだ？」

「私と藤本が席にいるところに、石田理事官が通りかかりまして……。私の班が小松川署に行っているのに、係長が残っているのはどういうことだと……」

「千住署のことは話したのか？」

「説明しようとしましたが、うまく伝わらなかったようです。小松川署のほうは、二人殺されているんだから、と……」

「わかった。俺から理事官に話をしておく。だから、気にせずに今の仕事を続けてくれ」

「了解しました」

そう言うしかない。天童に任せておけばだいじょうぶだろう。

「それで、どんな具合なんだ？」

「今日、千住署の鑑識係長から話を聞いてきました」

「鑑識か。何かわかったか？」

「こちらが疑問に思っていることをいくつか聞いてもらいました。遺体には、ダンベルが縄跳びのロープで縛りつけられていたのですが、その写真を調べてもらうように頼みました」

「なるほど、自分で縛ったのかどうか、確認したいわけだな」

「手がかりになるかもしれないと思いまして……」

「わかった」

「そっちはどうですか？」

「まだ、被疑者特定には至っていない。時間がかかるかもしれない」

「そうですか」

「何かあったら、また連絡してくれ」

「はい」

「じゃあな」

電話が切れた。

藤本が樋口に尋ねた。

「どうです？　管理官は何と……？」

「理事官に話をしておくから、今のまま千住署の件を続けろということだ」

藤本が、ほっとした顔になった。

「よかった。さっきはあんなことを言いましたが、正直、一人じゃきついと思っていたんです」

「一人でやらせるようなことはないから、安心しろ」

「じゃあ、次の一手が必要ですね。どうします？」

「担任の笹岡先生に、もう一度話を聞いてみたい」

「まだ、学校にいるでしょうか」

「自宅を訪ねたほうがいいと思う。帰宅した頃を狙って行ってみよう」

「わかりました。住所を調べておきます」

藤本がパソコンや電話で調べ物をしている間に、樋口は妻の恵子に電話をした。

「どうしたの？」

「今日はちょっと遅くなるかもしれない」

「泊まりじゃないのね？」

「ああ、帰る。たぶん、九時過ぎになると思うが」

「わかった」

「なかなか、照美と話ができないが……」

「時間を見つけて、ちゃんと相談に乗ってやってね」

「本当に会社を辞める気なんだな？　気が変わったりはしていないのか？」

「どうかしらね。それも含めて、話をしてもらわないと……」

「ああ、そうだな……」

「帰ってから、食事するわね？」

「そのつもりだ。じゃあ……」

樋口は電話を切った。


担任の笹岡は、学校の近くのアパートで一人暮らしだということだった。

午後七時頃、部屋を訪ねてみた。留守なら近所で張り込みをしつつ、帰りを待つつもりだった。

ドアチャイムを鳴らすと返事があった。すでに帰宅していたので、ほっとした。できれば張り込みなどしたくないのだ。

「警視庁の樋口です。こんな時間にすいません。ちょっとよろしいですか」

ドアが開いた。眉間にしわを刻んだ笹岡の顔が見えた。

「ああ、刑事さん……。何です？」

「先ほど訊き忘れたことがありましてね」

「何でしょう？」

「中でお話しできませんか？」

そのとき初めて、笹岡は近所の眼を意識したようだった。

「ああ、どうぞ……」

玄関を入ったところは台所だった。間取りは１Ｋで、引き戸の向こうがリビングルーム兼寝室だった。

四角いテーブルは、冬はコタツになるようだ。そのテーブルの上に食べかけのコンビニ弁当と缶ビールがあった。

樋口は言った。

「あ、お食事中でしたか。申し訳ありません」

言うほど申し訳ないとは思っていない。刑事はそういうものだ。相手の都合を考えていたら、聞き出せるものも聞き出せなくなる。

樋口はさらに言った。

「食べながらでけっこうです」

「いえ、だいじょうぶです」

そう言うと、彼は弁当とビールを台所に運んだ。食欲がなくなったのだろう。

　テーブルの奥に笹岡が座り、出入り口のほうに樋口と藤本が座った。

「訊き忘れたことって、何ですか？」

「訊き忘れたというより……」

　樋口は言った。「もう一度、同じ質問をさせていただこうかと思いまして……」

　笹岡は、再び眉をひそめる。その表情は不安げに見えた。

「もう一度、同じ質問ですか？」

「はい」

「ええ。先ほど私は、最近、井田さんに変わった様子はなかったかとうかがいました」

「ここで同じ質問をします。井田さんに何か変わった様子はありませんでしたか？」

「さあ……。なかったと思います」

「何か、悩んでいるような様子とか……」

「気づきませんでしたね」

「自殺する人は、必ず何かサインを出しているものだと言われています。井田さんには、そういうサインが見られなかったということですか？」

「私にはわかりませんでした」

「そうですか」

樋口は、しばらく間を取って、笹岡の様子を観察した。彼は間違いなく緊張している。校長室で会ったときと同じだ。

「は……？」

樋口は言った。

「ここには、校長先生も副校長先生もいません」

笹岡は、驚いた表情で樋口を見た。

「もしかして、校長や副校長に口止めされているんじゃないですか？」

「いや、そんなことは……」

「私は別に責めているわけではありません。お願いしているのです。何かご存じなら、教えていただきたいと……」

笹岡は眼をそらして下を向いた。何事か考えている。

樋口はさらに言った。

「ここであなたが話されたことが、学校の誰かに伝わることは、決してありません。それは約束します。どんなことでもいいので、話していただけませんか」

しばらく沈黙が続く。樋口は笹岡が話しはじめるのを待つことにした。

やがて、笹岡が言った。

「突然のことだったんです。井田が自殺するなんて……。本当に、そんな兆候はまったくなかったと、私は思っています。ただ……」

「ただ、何です？」

「何か面倒なことに巻き込まれているなとは感じていました」

「面倒なこと？　それは何です？」

「わかりません。そこまで突っ込んだ話はしないんです。教師と生徒ですから……」

担任と生徒は、そんな関係なのだろうか。樋口は、自分が生徒だった時代のことを思い出してみた。

中学時代、そして高校時代。たしかに、学校の先生と個人的な会話をした記憶がない。最近の教師は、生徒のではなくＰＴＡの顔色を見ていると言われることがある。先生と生徒の関係は、どんどん事務的で無機質になってきているらしい。

だが、それは昨今の風潮というわけではなく、樋口が学生の頃から、先生と生徒の関係はそれほど変わっていないのかもしれない。両者が心から信頼し合うというのは、幻想に過ぎないのだろうか。

そうではないと信じたいと、樋口は思った。幻想かもしれないが、教師と生徒の間には信頼関係があってほしいと思う。

笹岡と井田の間にも……。

樋口は尋ねた。

「では、どうして、そう思われたのですか？」

「噂ですよ」

「噂……」

「廊下なんか歩いていると、生徒同士の会話が耳に入ったりします」

「何を聞かれたのですか？」

「いや、たいしたことじゃありません。ただ、『井田のやつ、ヤバくない？』と言っている生徒がいたんです」

「何がヤバいのでしょう？」

「それはわかりません」

「井田さんは、亡くなる直前に、ＳＮＳに書き込みをしていたそうです。そのことを、ご存じですか？」

「ああ……。それは、私も見ました」

藤本がスマートフォンに保存してあったスクリーンショットを提示した。

「勘違い。まあ、そんなこともある。

生きていくのは、なかなか難しい。

そんなつもりじゃなかったのになあ。

後悔先に立たずだ」

そういう文面だった。

笹岡がその画面を見てうなずく。

「私が見たのも、これです」

樋口は質問した。

「この書き込みは、井田さんが置かれていた『ヤバい』状況と関係があるのでしょうか？」

「すいません。私には、本当にわからないんです」

「そうですか……。その生徒さんに話を聞けますか？」

「え……？」

笹岡は、何を言われたのか理解できない様子で、樋口の顔を見つめた。

「井田さんがヤバいんじゃないかと言っていた生徒さんです」

「いや、それは……」

とたんに笹岡はうろたえた。「どうでしょう……」

「井田さんが何かトラブルを抱えていたとしたら、それを調べなければなりません」

笹岡は、救いを求めるように言った。

「余計なことはしゃべるなと、副校長から厳しく言われているんです」

やはり口止めされていたかと思いながら、樋口は言った。

「ご心配なく。あなたが言ったことは秘密にしますので……」

「警察が生徒に話を聞けば、それはいずれ副校長や校長の耳に入ります」

「不特定の生徒から話を聞いたということにします。事前に校長先生に話を通しておけば問題ないでしょう」

笹岡は口を閉ざした。踏ん切りがつかないのだろう。

樋口は言った。

「校長先生や副校長先生は、自殺の責任を問われることを恐れておられるのでしょう。だから箝口令《かんこうれい》を敷いている」

笹岡は何も言わない。樋口は言葉を続けた。

「たしかに生徒の自殺というのは、ひじょうにデリケートな問題です。しかし、もし自殺じゃなかったとしたら……」

「え……？」

笹岡だけでなく、藤本も驚いた様子で、樋口の顔を見た。

笹岡が言った。

「どういうことです？　自殺じゃないとしたら、何だったというのです？」

樋口は言った。

「校長先生や副校長先生の言いつけに背くのはつらいでしょうから、私も秘密を打ち明けることにします」

「秘密……？」

「千住署は自殺と断定しました。しかし、私はまだ納得できていないのです。いくつかの疑問点があるので、それを解明しようとしています。その生徒さんから話を聞きたいのは、そういうわけなんです」

笹岡は、落ち着かない態度で、樋口と藤本を交互に見た。

「それは……」

言いかけて、彼は唇をなめた。「それは、他人に知られるとまずいことなんですね？」

樋口はうなずいた。

「現時点では、千住署の刑事にも知られたくはありません」

「もし、私がそれを誰かに洩らしたら、どうします？」

「そうならないことを祈るしかないですね。万が一、そういうことがあったら、私も校長先生や副校長先生に、あなたがいろいろしゃべったことを教えることになるでしょうから」

笹岡が、落ち着いてきたように見えた。樋口と互いに秘密を持ち合うという状況が、かえって彼を安心させたのかもしれない。

「緒方です」

「オガタ？　井田さんのことを噂していた生徒さんの名前ですか？」

「はい。鼻緒の緒に方角の方で緒方。名前は竜生《りゅうせい》。竜《たつ》が生まれると書きます」

藤本がメモするのを横目で確認し、樋口は大きな収穫だと感じていた。

今夜は、これ以上のことは聞き出せないだろうと思い、礼を言って引きあげようとすると、笹岡が言った。

「殺人の可能性もあるのでしょうか？」

「まだわかりません。別にごまかしているわけではなく、本当にわからないのです」

笹岡はうなずいた。樋口と藤本は部屋の出入り口に向かった。戸口を出ようとする樋口に、笹岡が言った。

「秘密は守りますよ。誰にも言いません」

樋口は笹岡の顔を見てうなずいた。

アパートを離れると、藤本が言った。

「驚きました。あんなことを言うなんて……」

「あんなこと？」

「自殺という結論を疑っているって……」

「疑っているとは言っていない。まだ納得していないと言ったんだ」

「でも、笹岡さんはそう解釈したようです」

樋口は周囲を見回した。路地には樋口たち以外の人影はない。だが、どこに誰が潜んでいるかわからない。

「固有名詞を出すんじゃない」

「あ、すみません。係長の大胆な発言に、びっくりしたもので……」

「何かを聞き出すには、呼び水が必要だ」

「先生が、係長に共感を抱いたようなので、さらに驚きました」

「共感？」

「あるいは、共犯意識……」

「共犯とは人聞きが悪い」

「でも、たしかに係長は、彼を味方につけました」

「だといいがな。聞き出した生徒のこと、調べておいてくれ」

「はい。本部に戻りますか?」

「いや、今日はもう遅い。帰宅しよう」

「了解しました」

二人は駅に向かった。

電車に乗る前に、樋口はふと、藤本に夕食をごちそうしてやるべきだろうかと思った。だが、結局、それを言い出すこともなく、二人は帰路についた。


樋口が自宅に着いたのは、電話で予告したとおり九時頃だった。

照美は今日もまだ帰っていないということだ。それを聞いて樋口は、実はほっとしていた。

照美との話をまた、先延ばしにできる。

恵子が言った。

「すぐに食事にするでしょう?」

「ああ」

樋口は寝室に行って、着替えを始めた。すると、携帯電話が振動した。相手は、天童だった。

「はい、樋口。天童さん、どうしました」

「済まんな、ヒグっちゃん」

「何です？」

「石田理事官と話をしたんだが、うまくいかなくてな……」

「どういうことです？」

「一度結論が出た千住署の事案なんかに手を出していないで、小松川署の殺人に全力を挙げろと言い張るんだ。千住署の件も重要だと説得しようとしたんだが、なにせ向こうの言うことは正論なだけに始末が悪い」

「では、私と藤本も小松川署の捜査本部に行くということですか？」

「いや、そうじゃない。千住署の件を放り出すわけにはいかない。だから、警視庁本部に顔を出さないほうがいいと思う」

「理事官には内緒で動くということですね？」

「そうだ。顔を合わせなければ、何とかなる」

「別動で、なおかつ隠密捜査ということですか」

「そういうことになるな。たいへんだが、よろしく頼む」

本当にたいへんなことになってきた。

そう思いながらも、樋口はまた、「了解しました」とこたえていた。

11

樋口は、天童からの電話を切ると、すぐに藤本にかけた。

「係長、どうしました？」

「明日は、本部には登庁しないでくれ」

「直行ですか。どこです？」

「北千住のいつもの出口で待ち合わせよう」

「何かあったんですか？」

「今、天童管理官から電話があった。理事官との話がうまくいかなかったようだ。理事官と顔を合わせないようにしろと言われた」

「あ、そういうことですか。何時にしますか？」

「午前十時」

「了解しました」

「じゃあ、明日……」

「はい。失礼します」

樋口は電話を切り、着替えを済ませた。

ダイニングテーブルのところまで来ると、照美の声が聞こえた。

「いつ帰ってきたんだ？」

照美が廊下からこたえる。

「今帰ってきたばかりよ」

「食事は？」

「会社で食べた」

「そうか」

樋口はテーブルに向かって椅子に腰かけた。一人で食事を始める。慣れてしまっているので、別に淋しいとも思わない。

いつ帰るかわからない自分に、妻の恵子がいつも食事を用意してくれるだけでありがたいと思う。口に出して礼を言ったことなどないのだが……。

照美は部屋に閉じこもって出てこない。これもいつものことだ。別にそれが不自然なことだとも思わない。

食事を終えて茶を飲んでいると、照美が部屋から出てきてテーブルに向かった。その意外な行動に驚いて、樋口は尋ねた。

「どうした？」

照美が言った。

「辞表出してきた」

いったん湯飲みを持ち上げて口に運ぼうとしていたが、樋口はそれをテーブルに戻した。

「何だって……？」

「会社に辞表を出したの」

恵子が台所からやってきて、椅子に座る。何か言うかと思ったが、恵子は黙ったままだった。

樋口は言った。

「それはまた、急な話だな」

混乱していて、それ以上の言葉が見つからない。

照美はまるで明日の天気の話でもするように淡々と言う。

「会社辞めるの、一ヵ月前に言わなきゃならないって決まりがあるの」

「つまり……」

樋口は尋ねた。「会社を辞めるのは一ヵ月先ということか？」

「有給休暇が十一日あって、それを消化したりするので、実質、あと十五日くらい出社することになるわね」

「会社を辞めたあとは、どうするんだ？」

「そうね。退職金もほとんど出ないし、しばらくは失業保険とか……」

「報道の仕事がやりたいと言っていたが、何か次の予定があって会社を辞めるんじゃないのか？」

「これから準備を始める。会社に勤めていたら、勉強もできないし……」

「それは、あまりに無謀じゃないのか」

「いつかは踏ん切りをつけなきゃいけないでしょう。早いほうがいいと思って」

そう言って、照美は立ち上がった。部屋に戻るようだ。

「ちょっと待ちなさい。まだ話が……」

「報告しなきゃと思っただけだから。じゃ、おやすみなさい」

廊下に出て部屋に向かった。

樋口は啞然《あぜん》としていた。あまりのことに、腹も立たない。恵子はまだ何も言わない。

樋口は言った。

「済まない」

恵子が聞き返す。

「何が？」

「もっと早く照美と話をすべきだった」

「話をしても、結果は同じだったと思う。だから、あなたが謝ることじゃない」

「しかし、まさか次の仕事の目処も立っていないのに、会社を辞めるなんて……」

「たぶん、私たちの時代とは違うのよ」

「時代の問題か？」

「世の中の仕組みが変わったんだと思う。就職したら一生その会社で働き、定年を迎えて退職金と年金で老後を暮らす……。もう、そういう世の中じゃないのよ」

「それの何がいけないんだ？　どうしてその仕組みを変えなけりゃならなかったんだ？」

恵子は笑った。

「私にそんなことを言われても……」

「まあ、そりゃそうだが……。終身雇用と言われた時代がそれほど悪かったとは、俺には思えない。いろいろな仕組みが変わったと言うが、世の中、確実に悪くなったように、俺は感じる」

「定年まで会社に勤めようと思っても、リストラされたり、会社がつぶれたりするのよ」

「そういう仕組みにしてしまったからだろう」

「でも、今さら昔の仕組みには戻せないわ」

「そうだな。そして、こんな話をしていても始まらない」

「そう。問題は、これからなんだから……」

「これから？」

「照美は会社を辞めちゃうんだから、この先のことを話し合わなきゃならないでしょう」

「手遅れじゃないということか？」

「手遅れどころか、これからだと言ってるでしょう」

「わかった」

やるべきことはやらなければならない。だが、少しだけほっとしたような不思議な気分だった。まだ、自分の役割があると感じたからだろうか。

しかし、照美の先々のことを真剣に考えなければならない。それはそれで難しい問題だと思った。


翌朝は、まっすぐ北千住に向かった。

午前十時の待ち合わせだから、家を出る時間は普段とそれほど違わなかった。どうせ直行なのだから、もう少しのんびりできる時刻を設定すればよかったな。

樋口は電車の中でそんなことを考えていた。

すでに、藤本が駅の出口で待っていた。

樋口は言った。

「どこか話ができるところを探そう」

喫茶店で捜査の話はできない。第一、街中には昔のような喫茶店がなかなか見つからなくなっている。

藤本が言った。

「カラオケボックスにでも行きますか」

たしかに、喫茶店は見かけなくなったが、カラオケボックスならいくらでも見つかる。

「そうしよう」

午前中に、部下とカラオケボックスにいるというのが、実に妙な感じだった。飲み物を注文すると、樋口は言った。

「緒方竜生のこと、調べたか?」

「はい。住所もわかっています」

「じゃあ、帰宅する頃をみはからって、自宅を訪ねてみよう」

「学校を訪ねたほうが確実じゃないですか？」

「緒方竜生は被疑者じゃない。なるべく迷惑はかけたくない」

「普通の刑事は、そんなこと、あんまり考えませんよね」

「そんなこと？」

「聞き込みが、相手の迷惑になるとか……」

「考えるやつはいるさ。だいたい、普通の刑事って何だ？　俺は自分が普通だと思っている」

「はあ……」

「それに、他の生徒の眼があると、しゃべりにくいだろう。言いたいことも言えないかもしれない」

「了解しました。では、午後に自宅を訪ねましょう」

「授業が終わるまで、俺たちがどこでどうするか、だな……」

「端末がないと、調べ物もできませんね」

警視庁内で使用するパソコンは、独自のネットワークにつながっている。そこで、一般にはアクセスできない、犯罪記録や指紋、Nシステムなどのデータベースに接続する。

中に入っているソフトや書類はいずれも機密扱いなので、外に持ち出すことはできない。

普通の会社員のように、会社で使っているパソコンを自宅に持ち帰って作業をするというようなことはできない。

樋口は言った。

「昔の刑事は、足と電話で何でも調べ出したという。それも携帯電話なんかない時代のことだ」

「街中に防犯カメラもなければ、ドライブレコーダーもない時代ですよね。検挙率、悪かったんじゃないですか？」

「それが、そうでもない。むしろ今のほうが悪くなっているんだ」

「へえ……。不思議ですね」

「昔の日本人は、今とは違ったようだ。がむしゃらに働いた。だから、一流国の仲間入りができた」

「今は経済的にも技術的にも二流以下ですね」

樋口は昨夜の恵子との会話を思い出しながら言った。

「日本はいつから変わってしまったんだろうな……」

そのとき、携帯電話が振動した。天童からだった。

「ヒグっちゃん。今、どこにいる？」

「藤本と二人で、カラオケ屋です。ここなら捜査の話をしても外に洩れる心配がありませんので……」

「不便な思いをさせて申し訳ない。俺が理事官をちゃんと説得できればよかったんだが……」

「いえ、どうせ本部にいては仕事になりませんので……」

「どこか拠点が必要だろう。千住署にいられるといいんだが……」

「微妙なところですね。千住署の連中は今のところ、表立っては反発していませんが、不愉快に思っていることは間違いないです」

「なるほど……」

「そちらの事案でたいへんでしょう。私たちのことは気にしないでください」

「気にするなというのは無理な話だ。俺が指示したことだからな」

「言い出しっぺは私です」

「ヒグっちゃんに任せておけば間違いはないと思うが、何かあったら言ってくれ」

「ありがとうございます」

「じゃあ……」

電話が切れた。

藤本が言った。

「千住署の人たちのことですが……。やはり、井田さんのご両親を恫喝した刑事というのが気になります」

「そうだな……」

「ご両親に訊いてみましょうか。その刑事は名乗らなかったと言ってましたが、何か手がかりがあるかもしれません」

樋口はしばらく考えてからこたえた。

「知っておく必要があるかもしれない。緒方竜生を訪ねる前に行ってみよう」

「はい」

そのとき、また電話が振動した。天童がかけ直してきたのかと思ったら、今度は氏家譲《うじいえゆずる》からだった。

樋口より二歳年下で、警部になりたての氏家は捜査第二課の選挙係にいた。選挙違反の担当だ。

「どうした？」

「理事官に怒鳴られたという話を聞いてな。おまえが上司に怒られるなんて珍しいじゃないか」

噂には尾ひれがつく。

「怒鳴られたというのは大げさだ。小松川署に行けと言われただけだ」

「親子が殺された事案だな」

「親子だったのか？」

「え、何でおまえが知らないんだ？」

「俺と藤本は別動だ。それで理事官にお小言を食らったわけだ」

「別動？　何だ、それ」

樋口はどこまで話すべきか迷った。氏家には不思議と何でも話ができる。まだ照美が十代だったころ、所轄の少年係にいた氏家にいろいろと相談したこともあった。

「千住署の自殺の件だ」

そして、樋口はかいつまんで事情を説明した。

氏家が言った。

「そりゃあ面倒な話だなあ……。所轄がもう結論を出しているのに、それをつついているわけだろう」

「今のところ、なんとか地雷は避けているが……」

「そのうち踏むぞ」

「だがな……」

樋口は言った。「こいつは自殺じゃない。殺人だ」

藤本が、はっと樋口の顔を見た。樋口は彼女のほうを見なかった。

氏家が言った。

「だったら、退けないよなあ。確証は？」

「まだない。だが、調べれば調べるほど殺人の疑いが濃厚になってくる」

「理事官には、小松川署の件を担当しろと言われたんだろう？」

「天童さんは、千住署のほうを続けろと言っている」

「板挟みか」

「俺は天童さんに従う。殺人事件を放ってはおけない」

「まあ、頑張ってくれ。ところで、報告したいことがある」

「何だ？」

「また異動になりそうだ」

「せっかく本部の係長になったのに……。何かヘマをやったのか？」

「そうじゃない。少年犯罪の担当は既定路線のようだ。選挙係は、少しよそで修業してこいということだったらしい」

「おまえはやっぱり、少年犯罪担当が合っているように思う。よかったじゃないか。係は？」

「少年事件第九係の係長だ」

生活安全部の少年事件課ということだ。

「落ち着いたら、祝杯でも上げよう」

「落ち着きそうなのか？」

「もちろん、近いうちに片をつける」

「千住署の件、亡くなったのは高校生だったよな」

「そうだ」

「少年事件課で何か役に立てるかもしれない。その気になったら連絡をくれ」

「まだ選挙係だろう」

「心はもう少年事件課だ。じゃあな」

電話が切れた。

藤本が言った。

「驚きました。係長、はっきりと自殺じゃなくて殺人だとおっしゃいましたね」

「相手が氏家なんでな。本音を言っていいと思った」

「やっぱり、氏家さんでしたか。私にも本音を言ってください」

「なかなか確信が持てなかったし、先入観を与えることになるといけないと思っていた」

「私も自殺ではないと思っていました」

樋口はうなずいた。

「だが、証拠がない。まだ千住署の連中に殺人だろうとは言えない」

「わかっています」

「じゃあ、井田さんのご両親に会いにいこう」

二人はカラオケボックスを出た。


井田の自宅には、母親の真知子がいた。樋口たちを見ると、不安そうな、それでいて何か期待しているような複雑な表情になった。

樋口は言った。

「詳しくうかがいたいことがありまして」

真知子は、ふと気づいたように言った。

「あ、どうぞお入りください」

「失礼します」

リビングルームに案内され、樋口と藤本は前回と同じところに腰かけた。台所に向かおうとする真知子に、樋口は言った。

「すぐにおいとましますので、お構いなく」

真知子は、樋口たちの向かい側に腰を下ろした。樋口はすぐに質問を始めた。

「司法解剖をいくつかの大学病院に頼もうとしたら、刑事に恫喝された……。そうでしたね？」

「はい。まるで、私たちが悪いことをしたような言い方だったようです」

「名前は言わなかったんですね？」

「名乗りませんでした。ただ、千住署の者だとだけ……」

「所属も言いませんでしたか？」

「所属……？」

「地域課とか、刑事課とか……」

「いいえ、千住署と言っただけだと思います」

「前回うかがったとき、あなたはこうおっしゃいましたね？　ちゃんと調べようとしたら、刑事さんに叱られた、と……。どうして相手が刑事だとわかったんですか？」

「あ……」

真知子は、虚を衝《つ》かれたようにぽかんとした顔になった。「主人がそう言いましたから……。捜査をするのは刑事さんでしょう？　だから、何の疑いも持たずそう思いました」

「ご主人が……？」

「はい」

「電話を受けたのは、ご主人でしたね」

「そうです」

「ご主人にお話をうかがいたいのですが、お帰りは何時頃でしょう」

「いつもどおり、七時には戻ると思います」

「では、七時以降に電話をさせていただきますが、よろしいですか？」

「ええ。電話でいいんですか？」

樋口はうなずいた。

「改めてうかがいます。友彦さんは、学校を出た後、荒川へ行かれたわけですが、その理由について心当たりはありませんか？」

「前回も言いましたけど、まったく心当たりがありません」

「誰かといっしょだったのでしょうか？」

真知子はかぶりを振った。

「わからないんです。私が知っているのは、あの朝、いつもと変わらずに学校に行ったということだけで……」

樋口はうなずいて、質問を切り上げることにした。

12

遅めの昼食をとり、樋口と藤本は、緒方竜生の自宅がある足立区梅田四丁目にやってきた。

「まだ、二時過ぎか……。高校生が帰宅するには、まだ早いな……」

今しがた樋口たちは、遺体発見現場のすぐ近くを通り、西新井橋を渡った。

「土手まで行ってみよう」

「はい」

土手に登ると、河川敷と川の流れが見渡せた。

右手に西新井橋が見える。向こう岸の橋のたもとのあたりが、井田の遺体が発見された現場だ。

樋口は、そのあたりを眺めていた。

藤本が言った。

「井田さんの、学校からあそこまでの足取りをつかみたいですね」

「ああ。だが、俺たち二人では時間がかかり過ぎるな……」

「捜査のやり直しということになれば、捜査員を動員して調べられるんですが……」

「そのためには、殺人だということを、みんなに納得してもらわなければならない」

「納得してもらうためには、学校を出てから井田さんに何があったのかを知らなければならない……。なんか、ジレンマですね」

「そうだな……」

「ご両親を脅したやつは、自殺じゃないとわかっていたんですよね」

樋口は慎重にこたえた。

「どうかな。捜査員のプライドがそうさせたのかもしれない」

「もし、どこかの大学病院が司法解剖を引き受けたら、他殺の証拠が出るかもしれない。そう思ったに違いありません。そうでなきゃ、わざわざ電話してご両親を脅すなんてこと、しないでしょう」

樋口はしばらく考えてから言った。

「だとしたら、その人物を許すわけにはいかないな」

「私も、そう思います」

樋口は長い間、土手の上に立ち、対岸の現場付近を眺めていた。やがて、彼は言った。

「さて、緒方竜生の家を訪ねてみようか」

緒方の家は、一戸建てだった。古い家だが、庭もある。おそらく何代も前からここに住んでいるのだろう。

インターホンのボタンを押すと、かなり年配と思われる女性の声で返事があった。

「はい、どちらさん？」

樋口が名乗ると、戸惑った声が返ってきた。

「警視庁……？　本当ですか？」

最近は特殊詐欺が多く、疑われるのも当然だ。

「本当です。電話で警視庁に問いあわせていただいてもけっこうです」

「ちょっとお待ちください」

しばらくして、玄関ドアが開いた。顔を出したのは、七十代くらいの女性だ。

「緒方竜生さんに、お話をうかがいたいのです。いらっしゃいますか？」

「竜生はまだ学校から帰っておりませんが……」

「失礼ですが、あなたは、竜生さんの……」

「祖母です。父親は勤めに出てますし、母親もパートで……」

「竜生さんのお帰りはいつ頃でしょう」

「さあ……。もうそろそろ戻ると思うんですが……」

「待たせてもらえませんか？」

「ああ……」

竜生の祖母は、一瞬戸惑いの表情を見せたが、すぐに場所を空けて樋口たちを玄関に招き入れた。「どうぞ、お上がりください」

リビングルームの家具の配置は、井田の家とよく似ていた。そう言えば、樋口の家もそう変わらない。ある種のパターンがあるのだろう。

樋口と藤本はソファに座ったが、竜生の祖母はどうしていいかわからない様子で、どこかにいなくなった。しばらくすると、彼女は茶を運んできた。

樋口は言った。

「どうぞ、お構いなく」

「あの……」

彼女は、立ったまま言う。「竜生が何かやったのでしょうか？」

樋口は笑顔を作った。

「いえ、そういうことではないので、ご安心ください。竜生さんの同級生が亡くなった件で、お話をうかがいたいんです」

　祖母はほっとした顔になった。

　樋口は尋ねた。

「お名前をうかがってよろしいですか？」

「緒方千代《ちよ》です」

「亡くなった同級生について、竜生さんは何かおっしゃっていませんでしたか？」

「いいえ。そんなことがあったなんて、初めて聞きました。竜生は家族とあまり話をしないので……」

「話をしない……」

「ええ。家にいるときは、だいたい部屋に閉じこもっていますから……」

　照美もそうだったと、樋口は思った。いや、今でもそう変わらない。最近の若者はだいたいそうなのだろうか……。

　そのとき、玄関のほうでドアが開け閉めされる音が聞こえた。やがて、高校の制服姿の少年がリビングルームに姿を見せた。

「あ、竜生。警察の方が、何かお話があるとおっしゃって……」

　制服姿の少年は、ただ樋口のほうを見ただけで、挨拶をしようともしない。正直に言うと樋口は、こうした最低限の礼儀も知らない若者とは関わりたくない。

氏家は、もっと反抗的な少年たちと関わっていたのだ。そしてまた、その仕事に戻ろうとしている。つくづく立派だと思う。

いくら関わりたくなくても、話は聞かなければならない。

樋口は言った。

「緒方竜生さんですね。井田友彦さんのことについてうかがいたいのです」

緒方竜生は猜疑心に満ちた眼を向けてくる。

「井田のこと……？」

「ええ。井田さんとは親しくされていたのですか？」

緒方はさっと右肩を上げて言った。

「別に親しかったわけじゃない」

千代が言った。

「ちゃんと、ここに座ってお話ししなさい」

緒方は一瞬、反抗的な眼差しを祖母に向けたが、何も言わず、ソファに腰を下ろした。樋口が千代に言った。

「すみませんが、我々だけにしてもらえますか？」

「あ、わかりました。私は向こうに行っていますので……」

彼女はリビングルームを出ていった。台所か廊下で聞き耳を立てているかもしれないが、構わないと樋口は思った。緒方が話しづらくなければいいのだ。

樋口は質問を続けた。

「親しくはなかったけれど、井田さんがトラブルを抱えていたことはご存じだったようですね」

緒方は樋口と眼を合わせようとしない。うつむき加減で、眼を右斜め下に向けている。

「トラブルって、何の話？」

「『井田のやつ、ヤバくない？』。そうあなたが言っているのを聞いた人がいるんです」

ふてくされたように斜め下を見ている。

別にふてくされているわけではないだろう。どうしていいかわからないのだ。自分が不機嫌な態度を取れば、大人が腫れ物に触るような対応をする。そういう計算もあるに違いない。だが、相手がどんな態度を取ろうと、樋口は手加減するつもりはない。少年でも大人と同様に扱うつもりだ。

緒方が言った。

「誰だよ、そんなことを言ったやつは……」

腹を立てた振りをしている。あるいは、本当に憤っているのかもしれない。だが、樋口は平気だった。むしろ、尋問相手が感情的になるのは歓迎すべき傾向だ。だから刑事は、よく相手を挑発するのだ。

樋口は冷静な口調で言った。

「誰が聞いていたかは問題じゃありません。問題は、あなたの発言です」

「そんなことを言った覚えはない」

やはり眼を合わせない。

「そうですか。間違いないですね?」

「間違いない」

「刑事に嘘をつくと、後でたいへんなことになりますよ」

緒方は態度を変えまいとしているが、眼が泳いだ。動揺している。

樋口はここが勝負どころだと思った。

「質問にこたえるときは、ちゃんとこちらの眼を見てください」

緒方は驚いたように、樋口の顔を見た。

樋口はさらに言った。

「そうしないと、あなたが嘘をついているかどうかがわからないんです」

緒方は、また眼をそらした。

「もう一度訊きます。本当に、言ってないんですね？」

緒方は樋口の眼を見て言った。

「言ってない……」

眼を合わせているのが辛そうだった。こたえてからすぐにまた、眼をそらした。

「そうですか」

樋口は言った。「わかりました。うかがいたいのはそれだけです。では、失礼します」

樋口は立ち上がった。藤本が慌てた様子で腰を上げた。

緒方は座ったままだった。

樋口はそのまま玄関を出た。


緒方の家から離れると、藤本が言った。

「ずいぶんあっさりと引きあげるんですね」

「今日のところはな」

「係長には珍しく、プレッシャーをかけていましたね」

「そういうときもある」

「彼は何か隠していますね」

「恐れているのかもしれない」

「恐れている？」

「人が隠し事をするのは、どんなときだ？」

「本当のことを言うと、自分の不利益になるときですね。それと、誰かをかばっているときとか……」

「緒方は誰かをかばっているという様子ではなかったな。不利益になるというのは、わかりやすく言えば、怯《おび》えているということだ」

「何を恐れているんでしょう」

「それはきっと彼が教えてくれる」

「しゃべりますか？」

「今頃、話さなかったことを後悔しているはずだ。恐れるものが増えたんだからな」

「それ、警察のことですか？」

「そうだ。隠し事をすると、警察は恐ろしいんだ」

これからどうしようかと思っていると、携帯電話が振動した。千住署の刑事組対課からだった。

「はい。樋口です」

「鑑識の山崎だ」

「例の写真の件ですか？」

「ああ。外に持ち出すわけにはいかないんで、こっちに来るなら見せるが……」

「これからうかがいます」

電話を切ると、樋口は藤本に尋ねた。

「ここから千住署までは、どれくらいの距離だ？」

「二キロ半から三キロというところでしょうか」

「最寄りの梅島《うめじま》駅までは、一キロ半くらいだったな」

「そうですね」

駅まで徒歩約二十分だ。充分に歩ける距離だが、気分がめげた。

樋口は言った。

「タクシーで行こう」


千住署の刑事組対課鑑識係を訪ねると、山崎係長が驚いた顔をした。

「電話してから、十分ほどしか経ってない。いったい、どこにいたんだ？」

樋口はこたえた。

「たまたま近くにいました」

山崎係長が睨む。

「たまたまじゃねえはずだ。自殺の件を洗ってるんだろう」

樋口はその質問にはこたえないことにした。

「写真を見せていただけるんですね」

「ああ、これだ」

山崎係長は、封筒から大判の写真を取り出した。それを自分の机の上に置いた。

「拝見します」

樋口と藤本は、写真を覗き込んだ。

遺体の写真だ。樋口は直接遺体を見ていないので、これはまたとない機会だと思った。

問題の箇所、つまり、胴体にダンベルを縛りつけている縄跳び用のロープを見る。

いわゆる「本結び」とか「固結び」と呼ばれる、ごく一般的な結び目だ。樋口は、顔を近づけ、仔細に観察した。

「最初の交差のときに、左側が上になっていますね」

山崎は何も言わない。

樋口は解説した。

「固結びをするには、二度ロープを重ねる必要があります。最初の交差をするとき、利き手の側が上に来るのが普通なんです。井田さんは左利きだったのでしょうか？」

山崎が言った。

「さあな……」

「靴紐を見てください。蝶結びですが、最初の交差は固結びと同じです。それは右側が上になっています」

「そうかもしれない」

「井田さんが右利きだとすれば、このダンベルを縛りつけたロープの結び目は妙だと思いませんか？」

「左利きのやつが縛ったというのか？」

「あるいは、右利きの誰かが足の側から縛ればこうなります」

山崎は何か反論するだろうと、樋口は思った。

「ロープの結び目なんて、見ようによってはどうとでも解釈できる」

「いや、しかし……」

山崎は樋口を遮るようにして、言葉を続けた。

「だから俺は、部下といっしょに実際にやってみたよ」

「やってみた？」

「ああ。何人かの部下にロープを縛らせてみた。結果はあんたが言ったとおりだ。結び目なんかに、よく気がついたもんだ」

山崎の言葉は反論ではなかった。

「遺体のロープは、井田さんが自分で縛ったものではない可能性が高いと、認めてくれるんですね？」

「俺は認める」

山崎は、厳しい表情で言葉を続けた。「だがな、俺が認めたからってどうなるもんでもない」

「自殺でない可能性があるということです」

山崎はかぶりを振った。

「あんたらはもう、署に来ないほうがいい」

樋口は眉をひそめた。

「なぜですか？」

「それしか言えない。さあ、用は済んだだろう。もう帰ったほうがいい」

山崎の言い方が気になった。樋口に腹を立てて帰れと言っているわけではない。

そのとき、強行犯係の桐原が近づいてくるのが見えた。

彼は樋口に言った。

「ここで何をしてるんだ？」

樋口は言った。

「写真を見せてもらっていました。遺体に重りを縛りつけていたロープの話をしましたね」

桐原係長は、樋口の話を聞こうとせずに厳しい口調で言った。

「俺たちに文句があるのか？　捜査をやり直すなんて、それなりの覚悟があってのことなんだろうな」

いつかは、彼らも態度を硬化させるだろうと思っていた。だが、桐原係長の変化はあまりに唐突のような気がした。

「覚悟というのは、どういうことですか？」

「千住署を敵に回す覚悟だ。いや、捜査にケチをつけるなんて、警察官全員を敵に回すような行為だ」

「敵に回そうなんて思ってはいません。ただ、過ちは正さなければならないと思います」

「あんたがやっていることが過ちなんだ。さあ、さっさとここから出ていけ」

桐原係長の向こう側に、高木や土井が見えている。彼らも冷ややかな眼を樋口と藤本に向けている。

高木たちの近くに、新庄がいた。

彼だけが樋口のほうを見ていなかった。新庄は、樋口などにはまるで関心がないような様子で、あらぬほうを眺めている。

樋口は、新庄の態度が妙に気にかかった。

13

「何をしてる。早く出ていかんか」

桐原係長の声が響いた。

そのフロアにいた、他の係の連中も、何事かと視線を向けてきた。

樋口は言った。

「用が終わったら帰ります」

「用などないはずだ」

「井田友彦さんが亡くなった件について、確かめたいことがあると言ったでしょう」

「その件は、すでに終わってるんだ」

樋口はかぶりを振った。

「まだ、確かめたいことが残っているんです」

桐原係長は樋口を見据えて言う。

「俺たちが捜査して出した結論が、自殺なんだ。それに横槍を入れようってのか？」

「本当のことを知りたい。それだけのことです」

「自殺だ。それが本当のことだ」

樋口と桐原係長は対峙して睨み合っていた。高木と土井も厳しい眼を樋口に向けている。

その眼差しには明らかな敵意が見て取れた。

二人は注目を浴びていた。同じフロアにいる署員たちが、成り行きを見守っている。

桐原係長とは対立したくないと、樋口は思っていた。だが、こうなってしまっては仕方がない。

樋口の態度は一貫して変わっていない。向こうが急に態度を硬化させたのだ。

引くわけにはいかないと、樋口は自分に言い聞かせていた。

今ここですごすごと引き下がれば、二度と千住署には来られなくなるような気がした。

だからといって、ここで桐原係長と言い争っても何の解決にもならない。どうしたものかと考えていると、新庄が言った。

「まあまあ、二人とも。そう熱くなるもんじゃないよ」

樋口は新庄のほうを見たが、桐原係長は樋口を見つめたままだった。

新庄が続けて言った。

「樋口さん。ここは、俺の顔を立てて、いったん引いてくれないかね」

樋口は言った。

「顔を立てるのはいいですが、これで終わりにしたくはありません」

「鑑識に何か用があったんだろう？」

「はい。写真を見せてもらいました」

「じゃあ、その用はもう済んだんだ。だったら、引きあげてくれないか。後で係長とよく話をしておくから……」

たしかに引き時かもしれない。

樋口は言った。

「わかりました。また、お邪魔します」

すると桐原係長が言った。

「もう来ないでほしいね。自殺の件については、話すことはない」

新庄が樋口に言う。

「さあ、あとは俺が引き受けるから……」

樋口は出入り口に向かった。藤本が黙ってついてきた。


千住署を出ると、藤本が言った。

「桐原係長、頭にきますね」

「おい……」

樋口は、周囲を見回した。「千住署の署員が近くにいるかもしれない」

「いたって構わないじゃないですか」

歩道を北千住駅のほうに向かって歩きながら、樋口は言った。

「向こうにしてみたら、俺たちのやっていることが腹立たしいんだ」

「だからって、あんな態度取らなくてもいいじゃないですか」

「自分が捜査したことを、別な部署の誰かに文句言われたら、やっぱり頭に来るだろう」

藤本は一瞬、言葉を呑んだ。

「そりゃそうですが……」

「俺たちは、そういうことをしているわけだ」

「井田さんのご両親を脅した刑事のこと、言ってやればよかったんです」

「それはまだだ」

「まだ……？」

「そう。今それを追及したら、彼らに手を打たれてしまうかもしれない」

藤本が樋口の顔を見た。

「係長、戦う気まんまんじゃないですか」

樋口は苦笑した。

「別に戦う気はないよ。ただ、無闇に手札をさらすもんじゃない」

「なるほど。そうやって物事を有利に進めるわけですね。さすがですね」

北千住の駅前までやってきて、樋口は言った。

「気がついたら、本部に戻ろうとしていた」

「帰巣本能みたいなものですかね」

「さて、どうしたもんかな……。また、カラオケ屋にでも行くしかないか……」

「それも不便ですね」

「普段はまったく気づかないが、戻る場所があるというのはありがたいことなんだな」

「本部に戻りましょう」

「だから、それはできないんだ」

「石田理事官に会わなければいいんでしょう？」

樋口は思わず、藤本の顔を見た。

「そうか。捜査一課に戻らなければいいんだ」

樋口は、警視庁本部に戻ることにした。

捜査一課は、本部の六階にある。そこに戻れば、理事官と顔を合わせることもあるかもしれない。だが、他の階にいればその心配はほぼなくなる。

実際には、捜査一課の自分の席にいても、理事官の顔を見ることなどほとんどないのだが……。

樋口は、捜査二課の選挙係にいる氏家を訪ねることにした。捜査二課は本部の四階にある。

氏家は、選挙係の係長席にいた。樋口たちが近づいていくと、怪訝そうな表情を見せた。

「ここで何してる？」

樋口はこたえた。

「どこかに隠れたい」

「理事官か……？」

「そういうことだ」

「ちょっと待て」

氏家は自ら席を立って、空いている部屋を探してくれた。彼は戻ってきて言った。

「小会議室が空いている。行こう」

案内されたのは、庁内のどの階にもある小さな部屋だった。たいていは、課の物置になっていたりする。

そこは、テーブルと椅子があり、ちゃんとした会議室のように見えた。テーブルの上には警電もある。

案内だけして、氏家は席に戻るものと、樋口は思っていた。だが、氏家はそのまま会議室に残った。

「どういうことになっているのか、話を聞きたいな」

氏家が興味津々という顔で言ったので、樋口は顔をしかめた。

「何でそんなことが知りたい？」

「何でも知りたがるのが警察官だろう」

すると、藤本が言った。

「今、千住署を追い出されてきたところです」

氏家が聞き返す。

「追い出された？　やっぱりＰＳの連中はへそを曲げたか」

藤本は出しゃばって余計なことを言うタイプではない。ちゃんと空気を読める警察官だ。

おそらく、樋口と氏家の関係に安心して、口がいつもより軽くなったのだろう。だから、
樋口は彼女をとがめなかった。

「それがな……」

樋口は言った。「係長の態度が、急に変わったんだ」

「急に変わった……？　どういうふうに？」

「これまでは、協力的だったんだ。それは、直接事案を担当した二人の捜査員も同様だ」

「協力的だったのが、急にそうじゃなくなったというのか？」

「そういうことだ。二人の若い捜査員は、俺たちのことを睨みつけていた」

「ついに地雷を踏んだか」

「いや、そうではないと思うが……」

「じゃあ、何かあったんだろうな。思い当たるフシは？」

「ないな。強いて言えば……」

「何だ？」

「何度も顔を出したので、今まで我慢していたのが、爆発したのかもしれない」

藤本が言った。

「あら……。そんな感じじゃありませんでしたよ」

氏家が藤本に尋ねる。

「そんな感じじゃなかったというのは……？」

「今まで我慢していたという感じじゃなかったんです。桐原係長は、最初からずっと協力的だったんです。事案のことを調べるのも、それほど嫌そうじゃなかったですし……。高木さんと土井さんだって……」

「桐原というのは、強行犯係長か？」

樋口はうなずいた。

「そうだ」

「そして、高木と土井というのが、事案を担当していた二人だな？」

「ああ。たしかに藤本が言うとおり、その三人は協力的だった」

「何かわけがあるな」

「そうだな。だが、そのわけがわからない」

「藤本が言うとおり、今まで我慢していたのがついに爆発、ということじゃなさそうだ」

「じゃあ、何があったんだろう」

「それを俺に訊くなよ。だがな……」

「だが、何だ？」

「理由はだいたい、想像がつくな」

「どんな想像だ？」

「係長と担当してた二人の態度が急変したんだろう？　偉い人に何か言われたんじゃないのか？」

「署で偉い人というと、署長か副署長だな」

「課長だって、係長や主任から見ればかなり偉い人だよ」

樋口はしばらく考えてから言った。

「亡くなった井田さんのご両親を、恫喝した刑事がいたらしい」

「恫喝した……？」

樋口は事情を説明した。

話を聞いた氏家は、うなった。

「被疑者を恫喝する刑事は珍しくない。そういうやつは、言うことを聞かなければ被害者の遺族も威圧する」

「そして、そういう刑事が決して少数派とは言い切れない」

「そうだな。むしろ、あんたのような刑事のほうが珍しいと、俺は思うよ」

氏家の言葉には取り合わず、樋口は続けた。

「そして、被疑者や被害者の遺族を威圧するようなやつは、必ず部下や後輩も威圧する」

「そうだな。待機寮には主がいるし、ペアになった後輩に対してパワハラやるやつはたくさんいる」

「パワハラなんて言葉が一般的になる前は、そういうのを教育と呼んでいたんだ」

「まあ、警察官は怒鳴られて一人前になるもんだ」

「俺が言いたいのは、遺族を恫喝するようなやつは、部下も恫喝するだろうということだ」

「なるほど……。係長や事案担当者たちの態度を変えさせたのと、遺族を恫喝したのは、同一人物だと言いたいんだな」

「断定はできないが、その可能性はある」

「そいつが、あんたの邪魔をしているわけだ。いったい誰なのか、知る必要があるな」

樋口はうなずいた。

「午後七時頃、井田さんの父親に電話することになっている。その刑事からの電話を受けたのが父親だ」

「刑事だったのか？」

「ご両親が、刑事と言っていたので、そう言っただけで、本当はどうかわからない。その点も確認してみるつもりだ」

「そうだな。課長とか署長だという可能性もある」

「だとしたら気が重いな」

氏家がにっと笑った。

「そんな連中に気後れするあんたじゃないだろう」

「ばか言うな。俺だって偉い連中は苦手だ」

「所轄の課長なんて、俺たちと同じ警部じゃないか。どうってことないだろう」

「署長や副署長となれば、話は別だ」

「子供を亡くして悲しんでいる両親を恫喝するようなやつなら、署長だろうが副署長だろうが関係ない。やっつけちまえよ」

「俺を何だと思ってるんだ」

「正義の味方だ」

藤本がぽかんとした顔で言った。

「何ですか、それ……」

氏家が言った。

「そうか。若い連中は、もうそんな言葉を知らないんだな。今風に言うと、ヒーローかな？」

樋口が小さい頃はまだ、テレビのスーパーヒーローなどが「正義の味方」という言い方をされていたように思う。

「俺は正義の味方でもヒーローでもない」

「あら」

藤本が言った。「係長は、私たちのヒーローですよ」

氏家が言う。

「……らしいよ」

樋口は思わず眉を寄せた。

「そろそろ、井田さんの父親に電話をする時間だ」

氏家は部屋を出ていこうとしない。電話の結果を知りたいらしい。

樋口は井田の自宅に電話をした。

「それが重要なことなんですか？」

電話の向こうの井田善之が言った。怪訝そうな声音だ。

樋口はこたえた。

「はい。我々にとっては重要なことなんです」

「その、我々というのは、誰のことですか？」

「警視庁本部の者たちです」

「それは、どういうことなんですか？」

樋口は、できる限りありのままに話そうと思った。

「私たち本部の者と、千住署の者の間に、意見の相違があるということです」

「つまり、あなたがたは友彦が自殺したのではないと考えているのですか？」

「私は他殺の可能性もあると考えています」

「はっきり言ってください。自殺なんかじゃないと」

「申し訳ありませんが、今はまだ、私の個人的な意見だと申し上げるしかないんです」

「捜査をやり直すことになるんですか？」

「実は、それが恐ろしくて、なかなか本音を言えなかったのです」

「それが恐ろしい……？　捜査のやり直しが、ですか？」

「いいえ、遺族の方に過剰な期待を与えてしまうことが、です」

「過剰な期待ですか……」

「現時点では、捜査をやり直すかどうかは、まったくわからないのです。自殺という結論を疑問視しているのは、今のところ私と部下の二人だけなんです」

天童のことは、あえて黙っていることにした。管理官が自殺説に疑問を持っているなどと言ったら、善之はさらに期待を膨らませるだろう。

「でも、警察の中に、そう考えている方がいらっしゃるというのは、私たちにとって朗報です」

「あなたがたに失礼なことを言った刑事には、何かそうしなければならない理由があったのかもしれません。私はそれを知りたいのです」

「わかりました」

善之は、落ち着いた声で言った。「何を話せばいいんです?」

「あなたは、ご子息の司法解剖を希望されて、いくつかの大学病院に連絡をされたのでしたね?」

「そうです」

「それを知った警察の者が電話をかけてきて、勝手なことをするなと言ったのですね?」

「はい」

そして彼は、相手が言った台詞を再び樋口に伝えた。品のない脅し文句だ。

樋口は尋ねた。

「相手は名乗らなかったのですね？」

「はい。千住署の者だとだけ……」

「部署は言いませんでしたか？」

「言いませんでしたね」

「でも、あなたは相手が刑事だと思ったわけですね」

「そう思いました」

「その根拠は？」

「根拠……」

善之は一瞬、言い淀んだ。「事件のことを知っていましたし、当然刑事だと思うでしょう」

一般人には、警察署内の事情などわからないだろう。相手が現場の刑事か、課長などの警察署幹部か、区別がつくはずがない。

「相手の年齢はどうです？」

樋口は尋ねた。「声は若かったですか？　それとも、年配のようでしたか？」

「若くはありませんでしたね。年配だと感じました。声だけでなく、しゃべり方も……。なんだか、凄みがありましたよ」

「何か、特徴を覚えていませんか？」

「特徴……」

「どんなことでもいいんです。声の特徴とか、しゃべり方の特徴とか……」

「さあ……。なにせ、言われたことにショックを受けて、茫然としていましたので……」

「電話していたときのことを、思い出してください」

「あまり思い出したくありませんね」

「お気持ちはわかりますが、お願いします」

しばらく無言の間があった。善之は真剣に考えているのだろう。

やがて、彼は言った。

「そう言えば、何度も咳払いをしていました。声も少し嗄《しゃが》れていたようでした」

「嗄れていた……」

「耳障りだったのを覚えています。風邪でも引いていたのでしょうか……」

「他には何か……」

「すいません。それくらいしか思い当たりませんね」

「そうですか。わかりました。お疲れのところ、申し訳ありませんでした」

「樋口さん……」

「何です？」

「過剰な期待はしません。しかし、少しは期待させてください」

樋口はこたえた。

「お約束はできませんが、精一杯努力します」

「お願いします」

電話が切れた。

14

樋口は、井田善之が語った内容を藤本に伝えた。それを、氏家が聞いていた。

藤本が言った。

「年配だということですから、高木さんや土井さんじゃなさそうですね。だとすると、桐原係長か……」

「それは何とも言えないが……」

樋口は言った。「桐原係長の声も、年配という感じじゃないような気がする。嗄れてはいないし……」

「電話で聞いてみたら、声の印象が違うかもしれません」

氏家が言った。

「係長も、高木や土井というやつらも、最初は協力的だったんだろう？」

「ああ。高木と土井は、わざわざ遺体発見現場まで案内してくれたんだ」

「だとしたら、その三人は遺族に電話をしたやつじゃないな。そいつに何か言われて、態度を変えたということだろう」

樋口はうなずいた。

「俺もそう思う」

「千住署の強行犯係には、他にどんなやつがいるんだ？」

「俺たちが会ったのは、あと一人だけだ。新庄という主任で、係長より年上のようだ」

「ベテラン巡査部長か。所轄によくいるタイプだな」

藤本が言った。

「新庄さんは、私たちに対してむきになる桐原係長をなだめてくれたんです。話をしておくと言っていました」

氏家が言う。

「じゃあ、友好派だな」

樋口は言った。

「そう考えていいと思うが……」

「なんだ。煮え切らないな」

「今は、何事にも確信が持てないんだ」

「そういうの、よくないぞ。そのうち、誰も信じられなくなって、疑心暗鬼になる」

「それは避けたいな……」

「話を聞いていて、ちょっと気になったことがあった」

「何だ？」

「ダンベルだか何だかを、体に縛りつけたロープの話をしただろう」

「ああ。縄跳び用のロープだ」

「本人が結んだのではない疑いがあると言ったな？」

「遺体の写真で確認した。自分で結んだにしては不自然だと思う」

「だったら、その道具立てが気になるんだ」

「道具立てって、どういうことだ？」

「ダンベルに縄跳び用のロープ。どうしてそんなものを使ったのかと思ってな」

樋口は、怪訝な思いで氏家の顔を見つめていた。

氏家が説明した。

「どちらもスポーツ用具だ。もし、誰かが被害者の体に縛りつけたのだとしたら、どうしてスポーツ用具を使ったのだろう。それらをどこから持ってきたのだろう。それが気になったんだ」

「たしかに、重りにするなら他のものでもよさそうな気がするが……」

藤本が言った。

「他に適当な重りにできそうなものって、思いつきますか？　ダンベルをスポーツ店で買うついでに、縄跳び用のロープを買ったのかもしれません」

氏家が藤本に言った。

「ダンベルとロープは新品だったのか？　だとしたら、その推論も成り立つが」

藤本は何も言わなかった。代わりに、樋口が言った。

「俺たちは現場を見ていない。ダンベルやロープも現物を見ていないんだ」

「写真を見たんだろう？　どうだった？」

樋口は、記憶をたどった。写真そのものよりも、それを見たときの印象を思い出そうとした。

「水に浸かっている状態だったから、はっきりしたことは言えないが、新品ではなかったと思う」

「じゃあ、新品じゃなくて、被害者以外の誰かが持ってきたものだと仮定しよう。そいつはどこから持ってきたんだ？」

藤本が言った。

「スポーツジムとか……」

「その可能性もある。他には……？」

「さあ、どこかしら……」

樋口は思いついた。

「そうか。学校か……」

氏家がうなずいた。

「ダンベルや縄跳びのロープなら、体育や部活で使うから、学校から持ち出せるんじゃないのか？」

藤本が少しばかり興奮した様子で言った。

「じゃあ、犯人は井田さんと同年代の少年……」

樋口は冷静に言った。

「結論を急いじゃいけない。氏家は、可能性を示しただけだ」

藤本が樋口に言う。

「緒方竜生が、何か知っていて隠しているような様子でしたよね……」

氏家が尋ねる。

「オガタ？　誰だそれ」

樋口は説明した。

「ほう……」

氏家が言った。「ぜひともそいつから、話を聞き出さなけりゃならないな。少年事件課の俺の出番だと言いたいが、まだ俺は選挙係だからな……」

樋口は言った。

「被疑者じゃないんだから、引っ張ってきて無理やりしゃべらせるわけにはいかない」

「きれい事を言っているときか？　所轄が態度を硬化させたとなれば、事案そのものに手を出せなくなるぞ」

「何とかするさ」

「その緒方というやつは、何かに怯えているんだな？」

「そうだと思う」

「井田を殺してしまったことで怯えているんじゃないのか？　人を殺したとなれば、いつ捕まるかとびくびくするだろう」

「憶測でものを言うんじゃない。緒方が犯人だという証拠は何もないんだ」

「言ってみただけだよ」

「藤本の前でそういうことを言わないでほしい。先入観につながるからな」

「あら」

藤本が言った。「私はだいじょうぶです」

樋口は藤本に言った。

「今はだいじょうぶでも、追い詰められたりすると、妙なことが頭に浮かんだりするものだ」

「はい……」

「その緒方ってやつは、こう言ったんだよな」

氏家が言った。「井田がヤバいんじゃないかって……」

樋口はこたえた。

「そうだ」

「つまり、井田がトラブルに巻き込まれていることを知っていたということだな」

「おそらくそうだと思う」

「じゃあ、緒方が犯人を知っているかもしれない」

「どうかな……。ともあれ、もうじき事情をしゃべってくれると思う」

「自信ありげだな」

すると、藤本が言った。

「係長は、珍しく緒方さんを脅したんです」

氏家が聞き返す。

「脅した？」

「ちょっとプレッシャーをかけただけだ」

樋口は言った。「今頃、俺に電話すべきか激しく思い悩んでいるはずだ」

氏家はかぶりを振った。

「あんた、自分のことを気の弱い善人だと思っているかもしれないが、それは間違いだぞ」

「何が言いたいんだ？」

「けっこうしたたかで計算高いってことだ」

そうなのかな……。

樋口は、真剣に考えそうになった。

「ダンベルやロープの出所も含めて考えると……」

氏家が思案顔で言った。「井田は、同年代の連中とのトラブルに巻き込まれていたのかもしれない」

藤本が眉を寄せる。

「それが、殺人に発展したと……」

氏家が肩をすくめる。

「充分にあり得ることだ。少年をなめちゃいけないよ。彼らは歯止めがきかないことがあるから、何をしでかすかわからないんだ」

樋口は言った。

「心に留めておくよ」

「足立区の高校だったな。それとなく、周辺の状況を調べておくよ。補導歴のある少年なんかがいないかどうか、とか……」

「選挙係だろう？」

「もうじき異動だ。予習だよ」

「正直言うと、助かる。藤本と二人きりで、いっぱいいっぱいだったんだ」

「任せておけ」

午後八時頃、樋口と藤本は捜査二課をあとにした。

エレベーターホールで、樋口は声をかけられた。相手は、捜査一課の係長の一人だった。

「あれ……。庁内にいたの？」

「ああ……」

「理事官が捜していたぞ。会ってないよな？」

「そうか、理事官が……」

「小松川のほう、ホシが割れたようだな？」

そうなのか……。

捜査は進展しているらしい。

「もうじき、捜査も大詰めだ」

樋口は、もっともらしいことを言ってごまかした。

「まあ、頑張ってくれ」

エレベーターが来て、その係長が乗り込む。

「ん……？　乗らないのか？」

「ちょっと用事を思い出した。行ってくれ」

「そうか。じゃあな……」

エレベーターのドアが閉まる。

隣にいた藤本が言った。

「理事官、何の用でしょう……」

「俺たちが、小松川署に行っていないのがばれたのかもしれない」

「天童管理官に相談してみましょうか……」

「聞いただろう。おそらく捜査で手一杯のはずだ」

「そうですね……」

「この時間だから、理事官はもう庁内にはいないと思うが、とっとと引きあげたほうがよさそうだな」

樋口と藤本は、次にやってきたエレベーターに乗り込んだ。


午後九時過ぎに自宅に戻った樋口は、夕食を済ませると、いつものように風呂に入ろうとしていた。

携帯電話が振動した。登録されていない番号からの着信だった。

「はい」

こういう場合、電話に出ても名乗らないことにしている。

ぼそぼそとした声が聞こえてきた。

「緒方だけど……」

「緒方竜生さんですか？」

相手が誰であろうと、樋口は丁寧に対応する。子供でも大人でも同じだ。

「ああ」

「何かご用でしょうか？」

「知っていることを話せと言っただろう？」

最近の高校生は、目上の者に対する口のきき方を教わらないのだろうか。樋口はそんなことを思いながら言った。

「言いました。井田友彦さんについて、何か知っていることがあるんですか？」

緒方はこたえなかった。

電話してきて何も言わないというのは、おかしな話だ。だが、人は往々にして、こうした理屈に合わないことをする。

悩んだ挙げ句にようやく電話したはいいが、その先のことをちゃんと考えていなかったのだ。

樋口は言った。

「明日、会って話をうかがいましょう。それでいいですか？」

しばらく間があって、声が返ってきた。

「ああ。いいよ」

「何時に、どこへうかがえばいいでしょう？」

「今日と同じでいいよ」

「午後三時頃に、ご自宅ということですね？」

「あ、いや……」

緒方が、途切れ途切れに言う。「明日は、午前中でいい……。土曜日だし……」

そうか。明日は土曜日だったか……。

朝に登庁しなかったせいか、曜日の感覚がなくなっている。

「わかりました。では、十時でいかがでしょう？」

また少し間があった。

「十一時で……」

「わかりました。では午前十一時に、ご自宅をお訪ねします」

緒方は何も言わない。しばらくして、電話が切れた。

この礼儀を知らない若者に、氏家ならどう接するのだろう。そんなことを考えながら、樋口は、藤本に電話した。

「明日は、十一時に緒方の自宅を訪ねる。最寄りの駅はどこだっけな……」

「東武伊勢崎線の五反野か梅島……。たぶん、梅島のほうが近いです」

「じゃあ、梅島に、十時半だ」

「了解しました」

「土曜日だから、休日出勤になるが……」

「私は構いません。厚労省が何と言うかわかりませんが……」

樋口は笑いを洩らした。

「そうだな」

「あの……」

藤本が言った。「緒方が何か言ってきたんですか?」

「今しがた、電話があった。何か話す気になったようだ」

「係長、さすがですね。駆け引きがうまくいったということですね」

ほめられると悪い気はしないのだが、何を言えばいいのかわからなくなる。

「では、明日……」

そう言って、樋口は電話を切った。

土曜日なので、緒方の自宅には祖母だけでなく、両親もいた。樋口たちが訪ねていくと、両親は意外な反応を見せた。樋口たちを歓待したのだ。

母親などは、露骨に捜査に興味を示し、話を聞きたがった。樋口は、相手の気分を害さないように気をつけながら言った。

「すいません。竜生さんから連絡をいただきまして、お話をうかがいに参ったのですが……」

父親が言った。

「あいつが警察に連絡を……？」

「はい。情報を提供してくださるということです」

「ふうん。そんな奇特なことを、あいつがねえ……」

「いらっしゃいますよね？」

「ああ。部屋にいるはずです。家にいるときはずっと部屋にこもりきりですよ」

それは祖母も言っていたことだ。

母親が部屋に、緒方竜生を呼びにいった。しばらくすると、彼が玄関に姿を見せた。

何も言わずに、ただ突っ立っているだけだ。

樋口は緒方に言った。

「お話をお聞かせいただけるんですね？」

彼は無言でうなずく。

母親が言う。

「ちゃんと返事なさい」

緒方は、仏頂面のままつぶやく。

「うるせえなあ……」

樋口は尋ねた。

「ここで話をしますか？」

緒方は、横目で両親を見る。彼らの前では話をしたくない様子だ。

「じゃあ、外に出ますか……」

樋口は言った。

すると、母親が言った。

「外に行くことはありませんよ。私たちが外しますから……」

それでも緒方は話しづらいと感じるだろう。樋口は、母親に言った。

「幸い、天気もいいですし、散歩がてら、荒川のほうに行ってみます」

緒方は何も言わないが、樋口に同意しているようだ。

樋口と藤本が玄関を出ると、緒方が靴をはいてついてきた。昨日と同じように、樋口は土手に向かって歩いた。土手を越えれば、荒川の河川敷だ。

井田の遺体が見つかった河岸が見えている。それは、緒方に対してプレッシャーになるだろうか。だとしたら、ここに連れてきた効果があると、樋口は思った。

緒方はうつむいたまま何も言わない。現場のほうを見ようともしない。

藤本は、じっと成り行きを見守っている。

「さあ」

樋口は言った。「話を聞きましょう」

15

「何を話せばいいんだ？」

緒方が尋ねた。樋口はそれにこたえた。

「あなたは、井田さんが『ヤバい』と誰かに話していたそうですね？」

「覚えてないんだけど」

「よく考えて思い出してください」

覚えていないはずがない。樋口はそう思った。すべてを覚えているからこそ、緒方は樋口に電話をかけてきたのだ。

一度は話をする覚悟を決めたはずなのに、こうして会ってみると、まだ渋っている。おそらく、緒方は自分でもどうしていいかわからないのだろう。

大人に対して反抗的なのは、ほとんど反射的な行動なのに違いない。そうすることが当たり前になっているのだ。

樋口は、子供や若者の扱いが苦手だ。だが、相手が犯罪に関わっているとなれば、話は別だ。

こういう場合、相手の機嫌をうかがう必要などない。何をすべきかはっきりとわからせればいいのだ。

何も言わない緒方に、樋口は言った。

「話をしたいと言うから、我々はわざわざここまでやってきました。それなのに、何もしゃべろうとしないのは、どういうわけですか？」

緒方はそっぽを向いている。

樋口はさらに言った。

「話す気がないのなら、我々は引きあげます」

それでも、緒方は何も言わない。踏ん切りがつかない様子だ。

樋口は言った。

「では、失礼します」

踵《きびす》を返す。すると、緒方が言った。

「待てよ」

樋口は向き直って言った。

「我々は暇なわけじゃないんです。これ以上時間を無駄にはしたくない」

「井田は、ばかだったんだよ」

「それはどういうことですか？」

「選《よ》りに選って、あいつは……」

「わかるように話をしてください」

「あいつ、コクっちまったんだよ」

「コクった……？　それは、井田さんが、誰かに好意の告白をしたということですか？」

「そう」

「誰に？」

緒方は逡巡してから言った。

「とにかくさ、相手が悪かったってことだよ」

「それはどういうことですか？」

「どういうことって……。まずい相手だったってことだよ」

「どういうふうにまずかったんですか？」

「それは……」

緒方はまだ迷っている様子だ。「そいつが付き合っているやつとかが、ヤバいから……」

気がつくと、藤本がノートを取り出して記録を取っている。

「ヤバいというのは、どういう意味ですか？」

緒方はきょとんとした顔になった。

「ヤバいはヤバいだよ。どういう意味って……」

「いろいろな意味があるじゃないですか。すごいとか、危険だとか……。魅力的だというときもその言葉を使ったりしますよね」

緒方は肩をすくめた。

「まあ、危険ってことかな……」

「井田さんは、危険な人物と付き合っている女性に、好意の告白をしたということですね？」

緒方はしばらく考えてからうなずいた。

樋口は言った。

「うなずくだけじゃなく、ちゃんと言葉にしてこたえてください」

緒方が言った。

「そうだよ」

「それで……？」

樋口が尋ねると、緒方は眼をそらしてぶっきらぼうに言った。

「それでって、それだけだよ」

「井田さんが『ヤバい』というのは、どういうことだったんですか？」

「だから、今言ったじゃないか」

「ヤバい男と付き合っている女性に、井田さんが好意の告白をした。その先が知りたいんです」

「何だよ、その先って」

「わかっているから怯えているんでしょう？」

「怯えている？　誰が？」

その質問にこたえる必要はないと思ったので、樋口は黙っていた。それが、緒方に対するプレッシャーになったようだった。

彼は言った。

「その先って、俺が知っているのは、それだけだ」

「じゃあ、どうして井田さんは亡くなったのでしょうね？」

「だから、ばかなことをしたから……」

「井田さんが、その『ばかなこと』をした結果、何が起きたのですか？」

「自殺したんじゃねえか」

「自殺するには、それなりの理由があるはずですね」

「知るかよ」

「知らんぷりは通りませんよ」

「何だって？」

「警察相手に、知っていることを隠すことはできないと言ってるんです」

「ふざけんなよ。知ってることを話せって言われたから、しゃべったんじゃねえか」

「今、ちゃんと話さないと、私たちが帰ったあと、また後悔することになりますよ」

緒方は眼をそらしたままだ。苛立《いらだ》ち、腹を立てている様子だ。だが、知ったことではないと、樋口は思った。

尋問の相手が感情的になっているのは、樋口にとっては日常茶飯事だ。揺さぶりをかけるために、相手を怒らせることさえある。

話すときにきちんと自分のほうを見ないことも気に入らなかったが、それも今はどうでもいいことだ。必要なことが聞き出せれば、それでいい。

樋口はさらに言った。

「井田さんが、その女性に告白したあと、何が起きたのですか？」

「知らねえよ」

そのこたえに、樋口は溜め息をついてみせた。もう、おまえの相手などしていられない。樋口がそう考えているように、緒方に思わせたかった。

緒方が、慌てた調子で言った。

「本当だ。何が起きたかなんて、俺は知らねえんだ。ただ……」

「ただ、何です？」

「自分が何をしたのか、井田にわからせるって言ってるのを聞いたやつがいて……。だから、俺、それをクラスのやつに話していただけだ」

いつしか、緒方は樋口の顔を見つめていた。訴えかけるような話し方だった。

緒方は、ようやく知っていることを話しはじめた。だが、主語がないので、何のことかよくわからない。

樋口は確かめるように言った。

「井田にわからせる？　そう言ったのは、その女性と交際している危険な人物なんですね？」

緒方はうなずいた。

「そうだ。俺が知っているのは、それだけなんだよ」

「名前を教えてください」

「え……？」

緒方がまじまじと樋口を見つめる。恐れていたことが起きたという顔だ。

「それは、言えねえよ……」

「言ったでしょう。警察に隠し事をしても無駄ですよ」

緒方は救いを求めるような口調で言った。

「いや、それは言えねえ。それを言ったら、俺も……」

「あなたも、何です？」

「井田みたいになるかもしれねえ……」

そう言ってから、緒方は「しまった」という顔になった。口が滑ったのだ。感情的になるとこういうことが起きる。だから警察官は尋問の相手を挑発したり脅したりして感情的にさせるのだ。

「そうならないようにするためにも、警察が彼らの名前を知る必要があるんです」

緒方は、樋口が言ったことの意味がわからない様子だった。

「それ、どういうことだ？」

「何か悪いことをしようとしているのを止めるのが警察の仕事なんです」

緒方が顔をしかめた。

「ふん。いざとなると、警察なんて何にもしてくれないじゃないか」

「知らないと、手の打ちようがありません。だから、教えてもらう必要があるんです」

緒方は考え込んだ。ここは、好きなだけ考えさせる場面だと、樋口は思った。だから、黙っていた。

やがて緒方は言った。

「俺が名前を言ったってこと、誰にも言わないだろうな？」

「それは無理です」

「何だって？」

「あなたから聞いた話の内容は、いっしょに捜査する者たちと共有することになります。起訴するためには、検察官に知らせる必要もあります」

「いや、そういうことじゃなくて……。学校のみんなとか……」

「そういうところに洩れる心配はありません」

「本当だな？」

「情報が漏洩することは、警察のデメリットになります」

緒方は、樋口の言葉を必死に理解しようとしている様子だ。

緒方が言った。

「俺が危ない目にあうことはねえってことだな？」

樋口はうなずいた。

「そのためには、あなたの協力が必要なのです。その人たちの名前を教えてください。井田さんが告白をした相手の名前は？」

緒方の肩から力が抜け、どっと汗をかきはじめた。さらに鼻水を垂らしている。これは、被疑者が自白するときの様子に似ている。

鼻水を手の甲でぬぐうと、緒方は言った。

「水島夏希《みずしまなつき》……」

「水島のシマは、普通の島ですか？　それとも山偏に鳥？」

「普通の島だったと思う」

「ナツキはどういう字を書きますか？」

「季節の夏に、希望の希」

「同じ学校の生徒ですか？」

「ああ。水島はうちの学校の二年生だ」

「水島夏希さんが付き合っている相手の名前は？」

「原田《はらだ》勇人《ゆうと》」

「それも、同じ学校の生徒ですか？」

「いや。彼は、別の学校の三年だ」

「どこの学校です？」

緒方は、北区にある私立高校の名前を言った。

樋口は、藤本を見た。彼女は小さくうなずいた。ちゃんと記録したという意味だ。

樋口は、緒方に眼を戻すと尋ねた。

「何か他に言い忘れたことはありませんか？」

「ねえよ」

緒方が言った。「知ってることは全部しゃべった」

樋口は再びうなずいてから言った。

「ご協力、感謝します」

「なあ、本当に俺は安全なんだろうな」

樋口は言った。

「あなたに危険が及ぶことのないようにします」

緒方はぎこちなくうなずいた。

樋口は言った。

「それと……」

「何だよ?」

「私はあなたの友達でも家族でもないし、あなたから見て目上です。だから、話すときは丁寧語を使うべきだと思います」

反発されるだろうと思ったが、言っておきたかった。

すると、緒方は言った。

「わかりました」

意外な反応に、樋口は緒方の顔をまじまじと見た。緒方は、居心地悪そうに身じろぎしたが、眼をそらさなかった。

「じゃあ……」

緒方はそう言って、その場を離れた。

樋口は、土手に立ったまま、緒方が去ったほうをしばらく見つめていた。

藤本が言った。

「原田勇人は、なんだかタチが悪そうですね」

「そうだな……」

「これから、どうします？」

「原田のことを調べなければならないが……」

「何か気になることでも？」

「ああ。小松川署の件はどうなっただろうと思ってな」

被疑者が確保されたのなら、報道されているはずだ。だが、まだそんな話は聞かない。

「それと……」

藤本が言った。「理事官のことも心配ですよね」

「取りあえず、オグさんに電話してみよう」

樋口は電話を取り出して、小椋にかけた。

「はい、小椋。係長ですか？」

「そっちはどうなっていますか？」

「ああ……。捜査は大詰めで、被疑者確保のはずだったんですがね……」

「どうしました？」

「被疑者が潜伏しているというアパートに令状持ってガラ取りに行ったんですよ。そうしたら、部屋には誰もいませんでした」

「潜伏していたという情報は確かでしたか？」

「ええ。だから、踏み込んだんですが……」

「そうか、空振りか……。天童管理官はどうしてます？」

「捕り物だと思っていたのに、空振りだったんです。そういうときの管理官がどういうふうだか、おわかりになるでしょう」

おそらく責任を感じているに違いない。捜査員たちは汚名を雪《そそ》ぐために、必死になっているはずだ。その指揮を執っているのが天童なのだから、おそらく休む間もなく働きつづけているのだろう。

天童にではなく、小椋に電話してよかったと、樋口は思った。

「わかります」

「天童管理官に、係長から電話があったと伝えておきましょうか？」

「その必要はありません。じゃあ、頑張ってください」

樋口は電話を切った。

続けて、氏家に電話した。

「何だ？　土曜日に働いていているんじゃないだろうな」

「働いている。それで、おまえにちょっと手伝ってもらいたいことがあるんだ」

「おお。どんなことだ？」

樋口は、水島夏希と原田勇人のことを話した。

「ふうん……。井田がコクった相手が、水島夏希だな。それが、原田勇人と付き合っていて、何か面倒なことになったと……」

「まだ、何が起きたのかはわからない」

「わからないわけないだろう。その原田勇人というやつが腹を立てて、井田に何かしたんだ」

「憶測だけではどうしようもない」

「憶測って言うなよ。推理だろう？」

「おまえには、水島夏希と原田勇人のことを調べてほしいんだ」

「井田と同じ高校の二年生と、北区の私立高校の三年だな。わかった」

餅は餅屋だ。今は選挙係にいるが、長年少年犯罪に関わってきた氏家なら、自分よりもずっと効率よく調べられるに違いないと、樋口は思った。

氏家が言った。

「それで、千住署のほうはどうなんだ？」

「その後、署の誰とも接触していないので、わからない。状況は変わっていないと思う」

「さすが樋口係長だな」

「何がだ？」

「状況が悪化しているとは考えないわけだ。あくまでも変わっていないと思うだけだ」

「悪いことを、あれこれ想像しても仕方がない。起きることをすべて受け容《い》れるしかない。それがいいことなのか、悪いことなのかは、なるべく考えないようにしている」

「だから、さすがだと言ってるんだよ。とにかく、水島と原田については調べておくよ」

「頼む」

「月曜日からも、必要だったら、二課の選挙係に来い。匿《かくま》ってやる」

「それも頼むことになるかもしれない」

「何だよ。追い詰められているな。まあ、理事官を敵に回したんだから、追い詰められるのも当然か……」

「別に敵に回したつもりはないんだがな……」

「クビにならないように気をつけろ。じゃあな」

電話が切れた。しまおうとしていると、それが振動した。警視庁捜査一課の番号だ。

「はい、樋口です」

「石田だ」

「理事官……」

「今、どこにいる？」

嘘を言っても仕方がないと、樋口は思った。嘘をついてそれがばれたとき、今よりずっと立場が悪くなる。

「足立区梅田におります」

「そこで何をしている」

「千住署の自殺の件を調べています」

「私は君に、小松川署に行けと言ったはずだ」

「はい」

突然、怒鳴り声になった。

「それなのに、足立区にいるというのか。私の指示を無視したということだな」

「いえ、決してそういうわけではありません」

昨日から樋口を探していたということだから、そのことで叱責しようと考えていたのだろう。

「じゃあ、どういうわけなんだ？」

千住署の自殺の件を調べているのは、天童の指示があったからだ。だが、ここで天童の名前を出したくはなかった。

別動を命じられていることは、すでに伝えてある。だが、それが天童の命令だったとは言っていない。自信はないが、そのはずだった。

樋口は言った。

「申し訳ありません」

「謝れと、誰が言った。私はちゃんとした説明を聞きたいんだ。今から、本部に来るんだ」

樋口の返事を聞く前に、石田理事官は電話を切った。

藤本が心配そうに言った。

「石田理事官からですか？」

「ああ。今から本部に来いと言っている。行くしかないな」

「じゃあ、私も同行いたします」

「その必要はない。今日は土曜日だ。帰ってくれ」

「いえ。お供します」

藤本は、なかなか強情だ。ついてきたいのなら、好きにすればいい。樋口はそう思い、駅に向かって歩き出した。

16

警視庁本部に到着したのは、十二時半頃のことだった。すぐに捜査一課の理事官室を訪ねた。

机の向こうにいる石田理事官は、すでに怒りを露わにしている。

「いっしょにいるのは、誰だ？」

「うちの係の藤本といいます」

「誰かを連れてきていいなどとは言っていないはずだ」

藤本が言った。

「自分が、勝手についてまいりました」

石田理事官が藤本を怒鳴りつけた。

「誰が発言していいと言った」

「申し訳ありません」

石田理事官は藤本を無視して、樋口に言った。

「一人で来るのが恐ろしくて、部下についてきてもらったのか。情けない係長だな」

「おっしゃるとおりだと思います」

「訊かれたことだけにこたえろ。余計な発言はするな」

「はい」

「説明してもらおうか。どうして、私の指示に従わなかった？　現場を知らない私の言うことなど、聞く気にならないか？」

石田理事官は、捜査畑ではない。総務・警務畑だ。もちろん、誰もそんなことを気にしていないが、どうやら本人にはコンプレックスがあるようだ。

「千住署の事案には、小松川署に捜査本部ができる前から着手しておりました。重要な事案だと判断しまして、捜査を継続することにしました」

「そんなことは訊いていない。どうして、私の命令に従わないのか訊いているんだ」

「結果的にそうなりました」

そうこたえるしかない。石田理事官が納得しないのはわかっていた。だが、石田理事官が納得するようなこたえは思いつかない。

いや、そもそもそんなこたえなどあるわけがない。

彼は、樋口が自分の命令に従わなかったことを責めているのだ。事案の重要性など考えようとはしていない。

「他人事《ひとごと》じゃないんだ。君が自分の判断でやったことだろう。つまり、君の判断で私に逆らったということだ。これは許すわけにはいかない」

許せなければ、どうするつもりだろう。樋口はそんなことを考えながら、黙っていた。

「小松川署の捜査本部は、被疑者を取り逃がしたんだ。知っているか？」

「聞いております」

「係長の君が捜査本部でしっかりと仕事をしていれば、こんなことにはならなかったんじゃないのか。捜査本部の失敗は君の責任だ」

これは明らかに言いがかりだ。樋口が捜査本部にいたとしても、結果は同じだったはずだ。

だが、今の理事官に何を言っても仕方がない。樋口はこたえた。

「申し訳ありません」

隣で藤本が怒りに震えているのがわかる。彼女がこらえきれず石田理事官に抗議でもしようものなら、事態はさらに悪くなる。

樋口はそう思って、はらはらしていた。

「謝るということは、自分の罪を認めるということだな」

樋口は、おとなしく石田理事官の言うことを聞いているつもりだった。もともと、議論など苦手だ。他人と言い争うことが嫌いなのだ。

しかもこの場面では、何を言っても無駄だと思っていた。樋口が石田理事官の命令に従わなかったのは事実なのだ。その点についてはどんな申し開きもできない。

しかし、「罪」という石田理事官の言葉は黙って聞き流すことはできなかった。

「罪を認めるわけではありません」

「何だと？」

石田理事官が目をむいた。

「我々刑事は、罪という言葉について常に厳格に考えております。簡単に罪を認めるわけにはいきません」

「そんなことを言える立場か。命令に従わなかったことは罪じゃないのか？」

「非違行為かもしれませんが、犯罪ではありません」

「上司の命令には従わなければならない。そうでなければ、秩序が保てない。警察の組織そのものが成り立たなくなるんだ」

その言い分は間違いなく正しいと、樋口は思った。樋口は上司の指示に従っていないわけではない。天童が直属の上司なのだ。

しかし、それを言い訳にはしたくなかった。それを言えば、天童と石田理事官の関係が険悪になりかねない。

すでに天童は石田理事官と話をしたようだが、その内容がどのようなものか、樋口には想像もつかない。

だが、二人の間がうまくいっていないということはわかる。天童が石田理事官を説得できなかったからだ。火に油を注ぐような発言はしたくない。

「秩序は大切だと思います」

これは樋口の本音だった。

樋口にとって組織の論理や秩序は大切なものだ。自分のことを、事なかれ主義だと思うほどだ。

「どの口がそれを言うんだ。私の命令を聞かずに、余計な事案をこそこそと嗅ぎ回って。それで、秩序が保てると思うのか」

「警察組織の秩序は大切ですが、それと同じくらいに大切なものがあると信じております」

「同じくらいに大切なものだと？」

「真実を明らかにすることです」

「利いたふうなことを言うな。所轄が捜査した事案に対して、重箱の隅をつつくような真似をするのが、真実を明らかにすることなのか。君がやっていることは、単なる嫌がらせだ」

「私はそうは思いません」

「君がどう思うかなど、どうでもいいことだ。いいか。千住署の件からすぐに手を引け。今から小松川署に行くんだ」

理事官の命令には従ったほうがいい。すでに一度命令に背いている。また同じことをすれば、石田理事官は本気で樋口を処分するだろう。

長いものには巻かれろと言う。そうしたほうが、楽なことはわかっていた。もしかしたら、それが警察官としての正しい生き方なのかもしれない。

だが樋口は、受け容れることができなかった。

「いえ、それはできません」

石田理事官は怒りを募らせた様子だ。

「自分が何を言ってるのかわかっているのか？　小松川署の件は、強盗殺人だぞ。二人も死んでるんだ」

「千住署の事案も殺人です」

石田理事官は、虚を衝かれたように言葉を呑み込んだ。しばらく樋口の顔を見つめていたが、やがて言った。

「自殺だろう。いい加減なことを言うな」

「いい加減なことを申しているつもりはありません。そんなことで、千住署に迷惑をかけるわけにはいきませんので」

「千住署では自殺という結論を出したんだ。それに首を突っ込むだけでも、充分迷惑をかけていることになる」

「誤りは正さなければなりません。今ならまだ間に合うのです。でないと、殺人犯が野放しということになるのです。それは断じて許すわけにはいきません」

「誤りを正すだと？　千住署が誤りを犯したと言うのか？」

「このままだと、そういうことになってしまいます。それは、千住署にとっても不名誉なことだと思います」

石田理事官は奥歯を嚙《か》みしめていた。

「それは、単なる君の思い込みだ」

樋口は啞然とする思いだった。石田理事官は、樋口の言うことをまともに考えようとしていない。自分の主張を通すことしか頭にないらしい。

樋口は言った。

「私だけの思い込みとは思えません。実際、ここにいる藤本も私と同じ考えです」

「だから何だ。いいか？　理事官の私が立件を認めなければ、事件など存在しないんだ。わかったら、さっさと小松川署へ行け」

なぜ、こうも強情なのだろう。石田理事官はこんな人だったろうか……。

そこまで考えて樋口は、ふと思い当たった。

「千住署の誰かから、連絡がありましたね？」

「そんなことは、君の知ったことではない」

否定しない。つまり、樋口の指摘のとおりだということだ。

「理事官に連絡してきたのは、千住署の誰なんです？」

「そんなことは関係ないだろう」

「いえ、おおいに関係があります。その人物は、私が事件の洗い直しをしているのが気に入らないのです。それで私を排除しようとしている……」

「とにかく、千住署の件には関わるな。小松川署に行け」

「それはできないと申し上げております」

「私の言うことが聞けないのなら謹慎だ。そっちの部下もいっしょだ」

藤本が小さく息を呑むのがわかった。驚きのためではない。怒りのせいだろう。

「このまま放置したら、千住署だけでなく警視庁全体の不名誉となります。私はそれを何とか防ぎたいのです。謹慎を食らっても、私は捜査に出かけるかもしれません」

「ならば、君はクビだ」

理事官に自分をクビにする権限などないはずだ。それがわかっていながらも、樋口は少々自暴自棄的な気分になっていた。

こんなやつの下で働くくらいなら、警察など辞めてしまってもいい。

警察官であることを不満に思ったことはない。どちらかと言えば気に入っている。だが、警察に執着があるわけではなかった。

刑事になれてよかったとは思う。だが、何が何でも刑事を続けたいとは思わない。自分は何事においてもそれほどこだわらない性格だと、樋口は思っていた。

「それは、課長か部長から正式に言い渡されるのでしょうね」

「それ？」

「懲戒免職です」

石田理事官は、鼻白んだ表情になった。

「まあ、そういうことになるだろうな」

刀を振り上げたはいいが、どこに振り下ろしていいかわからないという様子だ。

「ならば、私にはまだ何度か申し開きの機会があるということですね」

「申し開き……？」

「課長や部長に私の立場と考えを説明する機会があるはずです。あるいは、その相手は監察かもしれませんが……」

石田理事官は、忌々《いまいま》しげに言った。

「そう言えば、別動を命じられたと言っていたな。それを命じたのは、天童管理官だな。だから、君はそんなに強気なんだろう」

出してほしくない名前が出た。

できるだけ天童に迷惑をかけたくない。

「懲戒免職とおっしゃるなら、それでけっこうです。ただ、井田さんのご遺族がきっと納得されないと思います」

「井田というのは、自殺した高校生か？」

「自殺ではなく、殺害されたのです。そして、ご遺族が自殺という結論を疑問視していることは、ある新聞社の記者も知っています」

「記者だと……」

石田理事官の顔色が変わった。

そうか、と樋口は思った。捜査一課のマスコミ対応を担当しているのは、石田理事官のはずだ。

「はい。そもそも、事の始まりはその記者から、ご遺族の話を聞いたことでした」

「どこの社の、何という記者だ？」

「それは申し上げられません」

「理事官の私に言えないというのか」

「クビになるんでしたら、もう言うことを聞く必要はないでしょう」

普段の俺なら、こんなことは言わない。樋口はそれを自覚していた。

俺は今、かなり自棄《やけ》になっている……。

だが、石田理事官の弱みを衝けたことも確かだと思った。マスコミは間違いなく彼の弱点なのだ。

「その記者はどこまで知っている？」

ここは自棄になっている場合ではないと、樋口は考えた。冷静に返答しなければならない。

「亡くなった井田さんのご両親が、他殺ではないかとの疑念を持っていることを、かなり詳しく知っています。ご両親は、いくつかの大学病院に司法解剖の依頼をして、結局、断られたのですが、その事実も知られているのではないかと、私は考えています」

「司法解剖だと……？」

「千住署では、死体見分だけで結論を出しました。ご両親はそれに疑念を抱き、司法解剖を求めたのですが、千住署は応じませんでした。それで、止むに止まれずご自分で大学病院を当たられたようです」

石田理事官は、しばらく何事か考えている様子だった。

捜査一課のナンバーツーなのだから、ばかではつとまらない。ちゃんと事情を知れば、理解できるはずだ。

最初は、樋口の話など聞くつもりはなかったのだろう。頭ごなしに叱りつけ、言うことを聞かせることしか考えていなかったのだ。

記者の話を持ち出すことで、ほんの少しだけ風向きが変わった。

石田理事官が言った。

「そのことは、天童管理官は知っているのか？」

「まだ、詳しく報告はしていません。天童管理官は、小松川署の捜査本部にかかり切りですから……」

「さっきの質問に、君はこたえなかった」

「さっきの質問？」

「君に別動を命じたのは、天童管理官だな？」

「私は、記者から話を聞いて千住署に出かけることにしたのです」

石田理事官は、ふんと鼻から息を吐き、腕を組んだ。そのまま、樋口を睨みつけていた。

しばらくして、彼は言った。

「もういい。出ていけ」

樋口は、黙って頭を下げた。藤本が慌ててそれにならった。

二人は、すぐに理事官室を退出した。


「私、もう少しで怒鳴り返すところでした」

廊下を進みながら、藤本が言った。樋口はこたえた。

「そんなことをしなくてよかった」

「結局、何も言えませんでした。係長を弁護しようと思っていたんですけど……」

「その気持ちは、理事官にも伝わったよ」

藤本は口調を変えた。

「あの話……」

「何の話だ？」

「千住署の誰かが理事官に連絡したという話です。理事官、否定しませんでしたよね」

「おまえもそう思うか」

「理事官は昨日から係長のことを探しているようでしたね。きっと、千住署の誰かから連絡をもらったからです」

「千住署の連中が、急に態度を変えたことと、何か関係があるかもしれないな」

「問題は、誰が連絡したかですね」

「理事官は警視だ。普通に考えれば、同じクラスの人物だろう。警察署で警視というと、署長か副署長だ」

「階級が同じとは限りませんよ。例えば、同期でも四、五十代になれば、ずいぶん階級に差が出るでしょう」

「たしかにそうだ」

「私、調べてみましょうか」

「調べる……？　どうやって……」

「理事官と何か特別な関わりがある人が、千住署にいるかどうかを調べるんです。同期だとか、若い頃に同じ職場だったとか……。警務部の人事二課に知り合いがいるので……」

「そうだな。やってみてくれ」

　樋口はうなずいた。

「では、今日は別行動でいいですね？」

「本来は休みだ。もう帰ったらどうだ？」

「あの……」

「何だ？」

　藤本が心配そうな顔になった。

「理事官は、今後どう出るでしょう。まさか、本当に係長が懲戒免職になんて……」

「俺にもわからない。ただ……」

「ただ……？」

「理事官は最後に『もういい』と言ったんだ。あれは、もうこの件はおとがめなしだという意味だと思いたい」

「やっぱり係長は前向きですねえ」

「もし、そうじゃなくても、やるべきことをやるだけだ。それでクビになるなら、警察に未練はない」

「そんな……」

「もちろん俺だって、クビにはなりたくないがな……」

「そうですよね」

強気なことを言ってはみたが、実はかなり参っていた。千住署の強行犯係の人間には反発され、理事官にはクビだと脅される。

そして、実際に捜査にたずさわるのは樋口と藤本の二人しかいない。

藤本は、樋口が前向きだと言ったが、この状況で前向きでいられるわけがない。

さて、どうしたものか……。

樋口は胸の中でそうつぶやいていた。

17

理事官室を出た樋口と藤本は、ごく自然に自分の席にやってきた。

土曜日の捜査一課はさすがに人が少ない。樋口の係には、彼らの他は誰もいなかった。みんな、小松川署の捜査本部に詰めているのだ。

椅子に座ろうとした樋口は、名前を呼ばれた。池田《いけだ》厚作《こうさく》管理官だった。

彼は、第一強行犯捜査管理官だ。強行犯捜査第一係、第二係を統括している。どこの課でもたいてい第一係は「ショムタン」と呼ばれる筆頭係だ。ショムタンとは庶務担当のことだ。

ショムタンを統括している池田管理官も、つまりは筆頭管理官ということになる。

池田管理官の統括下にある第二係は、捜査本部の設置や連絡調整を担当している。土曜日にもかかわらず登庁しているのは、そのためだろうと、樋口は思った。

池田管理官に呼ばれるのは珍しいことだ。樋口の係を統括しているのは、天童管理官なのだ。

管理官席に行くと、池田管理官の表情がいつになく厳しいのに気づいた。

「何でしょう？」

池田管理官が表情を変えずに言った。

「石田理事官の命令に背いたそうだな」

樋口は驚いて、言葉を失った。

池田管理官が続けて言う。

「係の他の者は、小松川署の捜査本部に行っているんだろう？　なぜ係長の君がここにいるんだ？」

樋口は、半ばうんざりした気分になってきた。石田理事官に言われたことを、ここでまた繰り返されたからだ。

「私と藤本は別動をやっております」

「聞いているぞ。千住署の件だろう」

「そうです」

池田管理官は、さらに厳しい表情になって言った。

「それも問題だぞ」

樋口は無言で見返していた。

「所轄を敵に回してどうするつもりだ。千住署の事案は、君が担当していたのか？」

「いいえ、そうではありません。捜査一課は出動していません」

「だったら、どうして千住署が出した結論に文句をつけているんだ？」

「遺族が、その結論に疑問を抱いていることを知りましたので……」

「そんな話を誰から聞いたんだ」

「ある新聞記者から聞きました。マスコミがそういう事実をつかんでいるのは無視できないと判断しました」

「遺族やマスコミよりも、まず警察の仲間だろう」

樋口は、その言葉をどう捉えていいかわからなかった。仲間を大切にするというのはわかる。だが、身内の機嫌を損ねないために、事実から眼をそらすのは納得できない。

「確かめなければならないと思いました。その結果、千住署が判断したとおりなら、それでいいと……」

「だから、そのままでいいんだ。せっかく自殺で片づいているのに、それを蒸し返してどうするんだ。いいか。これは、君個人の問題じゃないんだ。君の振る舞いが、所轄の連中の反感を買い、その反感が捜査一課や本部全体に向けられる。つまり、君は所轄対本部の対立を煽《あお》っていることになるんだ」

この言葉に、樋口は再び驚かされた。

論点がずれている。自分がやろうとしているのは、そんなことではない。

実際に千住署強行犯係の連中は、樋口に怒りの眼を向けた。だが、それは問題の本質ではない。重要なのは、井田がどうして死んだのかということだ。

それなのに、石田理事官も池田管理官も、警察組織内の関係だけを問題視している。どうしてもそれを、受け容れることができなかった。

「疑わしい事実がいろいろと出てまいりまして、私は自殺ではなかったと考えております」

「もう結論は出ているんだ」

「その結論が間違っていると、私は思料いたします」

「君がどう考えているかは問題ではない。いいか。これはシステムの話なんだ。君はその事案の担当でも何でもないんだろう？　だったら、その事案についてあれこれ言う権利はない」

「じゃあ、どうすれば捜査ができるんですか」

「だから、捜査をする必要などないと言ってるんだ」

反論する気力が失われていく。

どうして池田管理官が休日出勤しているのか、ようやくわかった。石田理事官が登庁すると聞いて、慌ててやってきたのだろう。そして、石田理事官は、池田管理官に樋口の話をしたのだ。

樋口が黙っていると、池田管理官はさらに言った。

「誰かの判断にケチをつけるというのは、警察ではやってはいけないことだ。そんなことをしていると、所轄を敵に回すだけじゃない。警察内部に敵を大勢作ることになるぞ」

今、怒りは感じていない。ひどくむなしい思いがあるだけだ。

石田理事官と話をしているときには、啖呵を切るくらいの気力があった。だが、今はもうそんな気になれなかった。

しかし、「はい、そうですか」と言うつもりはなかった。

「千住署の件は、殺人です」

「何だって……」

「自殺という結論は間違っているのです。このままでは、ご遺族は納得されませんし、何より、殺人犯が野放しになるということです。私は、それを黙って見ているつもりはありません」

「警察官は、強制力を持っている。拳銃を持っているし、人を拘束することができる。それを暴走させないために、法の縛りと命令系統という秩序があるんだ」

石田理事官と論点は同じだ。

「その点については、異論はありません」

「君がやっていることは、その暴走だ」

「私は命令系統を無視しているわけではありません」

池田管理官が、怪訝そうに眉をひそめた。

「それはどういうことだ？」

「説明する必要はないと思います」

池田管理官が、驚きの表情になる。

まさか、俺が反抗的な態度を取るなんて、思ってもいなかったようだな。樋口は、そう思った。

「説明する必要はないだと？　そんなことを言える立場か？」

「命令系統ということで申せば、私は池田管理官の直接の指揮下にはありません。ですから、説明の必要も、報告の必要もないと思います」

池田管理官が怒りを露わにする。

「自分が何を言っているのかわかっているのか？　私は捜査一課の管理官で、君は係長だ。私が求めたら、君には説明する義務がある。違うか？」

「違うと思います」

池田管理官の顔が赤くなる。人間、腹を立てると、本当に顔が赤くなるものなのだなと、樋口はまったく状況にそぐわないことを考えていた。

さらに、池田管理官は、小刻みに震えていた。

「な、何が違うんだ。私が言っていることが間違っているというのか」

「もはや、私には説明の義務も、報告の義務もありません。理事官がクビにするとおっしゃっていましたから……」

「クビ……」

「ただですね、警察官一人を免職にするには、手間と時間がかかるはずです。その間に、私はやるだけのことはやるつもりです。では、失礼します」

樋口は、礼をすると管理官席を離れた。

「待て。おい、待てと言ってるんだ」

樋口は待たなかった。

席に戻ると、藤本が驚いた顔で樋口を見ていた。

「池田管理官が怒鳴るのを初めて見ました」

「俺もだ。石田理事官も池田管理官も、あんな人じゃないと思っていたんだが……」

「何を言われたんですか？」

「石田理事官が言ったのと同じようなことだ」

「それで、この先どうなるんですか？」

「どうにもならない」

樋口はそう言ってから付け加えた。「……と思う」

「千住署の件の捜査は続けるんですか？」

「もちろんだ」

藤本は、ほっとした表情を見せた。

「じゃあ、原田勇人や水島夏希に話を聞きに行きますか？」

とても、そんな気分になれなかった。無力感に苛《さいな》まれている。

「いや、直当《じか》たりはまだ早い。氏家からの情報を待とう」

「わかりました」

所轄を敵に回すだけじゃない。警察内部に敵を大勢作ることになる。池田管理官はそう言った。

その言葉が重くのしかかってきた。

たしかに、千住署の強行犯係と敵対しただけでなく、石田理事官が敵に回った。そして、今度は池田管理官だ。そうして、警視庁内の敵はどんどん増えていくだろう。

池田管理官は、今の樋口の行動が、警察官としてやってはいけないことだと言った。

俺のしていることは、仲間のプライドを傷つける行為なのだろう。そう思うと、気分が落ち込んだ。

敵を作ることも、誰かを傷つけることも、樋口がずっと避けてきたことだ。警察という、少々特殊な社会の中で、波風を立てずに生きていきたい。日々、そう思っていたのだ。

その日常が、あっという間に崩れ去った。

自分の背中が丸くなっているのを意識した。だが、どうしても背筋を伸ばすことができない。その気力が残っていないのだ。

樋口は、藤本に言った。

「今日は、これで解散にしよう」

藤本は何か言いたそうにしていたが、やがて言った。

「わかりました。明日はどうしますか？」

樋口は、しばらく考えてからこたえた。

「日曜なんだから休みでいいだろう」

言ってから、ふと小松川署の捜査本部にいる天童や係員たちのことを思った。彼らには土曜も日曜もない。

だが今は、無力感をどうすることもできなかった。

藤本が言った。

「了解しました。明日は待機にします」

自宅に戻ったのは、午後二時半を少し過ぎた頃だった。

妻の恵子が言った。

「あら、お帰りなさい。昼食は？」

言われて、まだ食べていないことに気づいた。それどころではなかったのだ。

「まだだが、あまり食欲がない」

「そばでもゆでましょうか？」

冷たいそばなら食べられそうな気がした。

「ああ、頼む。照美は？」

「どこか出かけてる」

「どこか……？」

「もう大人なんだから、いちいち行き先は訊かないわ」

「そうか」

部屋着に着替えて、ダイニングテーブルに着いた。新聞を手に取り眺める。だが、ちゃんと記事を読んでいるわけではない。手持ち無沙汰なだけだ。

やがて、そばが出てきて、樋口は黙々とつゆにつけてすすった。

恵子が言った。

「いい仕事が見つかるといいわね」

樋口は、ぎょっとして恵子の顔を見た。その反応が恵子を驚かせたようだ。

「なあに。どうしてそんな顔するの？」

「いい仕事……？」

樋口は一瞬、自分がクビになりそうなことを恵子が知っているのかと思った。だが、そんなはずはなかった。「ああ、照美のことか……」

「そうよ。何だと思ったの？」

「やりたいことがあると言うのだから、自分で探すんじゃないのか？」

「そう簡単に、理想の仕事が見つかるはずはないと思うんだけど……」

なんとか本気で考えようとするのだが、今一つ頭が回らない。無気力のせいだ。

「それは、照美の責任だろう」

「そうね。あの子、仕事でも探しにいってるのかしら」

本気か冗談かわからない発言だ。だから、樋口は何もこたえなかった。

「まあ、心配ないわよね」

その恵子の一言が、唐突な気がして、樋口は思わず聞き返した。

「心配ない？」

「そう。照美なりにちゃんと考えているのよ」

「そうかな。俺から見ると、現実の認識が甘いんじゃないかと思うんだが……」

「だいじょうぶよ。でも、ちゃんと話をしてね」

「ああ。わかっている」

そうこたえたものの、実は何をどう話せばいいのかわからなかった。そして今は、それを考えるのすら面倒だった。


翌日の日曜日、樋口はいつものように早朝に目覚めた。早起きが習慣となっていて、休日でもそれは変わらない。

朝食の席に照美はいなかった。朝はいらないのだそうだ。

「具合でも悪いのか?」

樋口が問うと、恵子が台所からこたえた。

「知らない。ダイエットのつもりかしらね」

「寝坊したいだけじゃないのか」

「もしかしたら、二日酔いかも」

娘が二日酔いというのが、ぴんとこなかった。ついこの間まで子供だったような気がする。

藤本に電話をして、出かけるべきかもしれないと、樋口は思った。だが、その気力がわいてこない。リビングルームのソファに座り、テレビのワイドショーを横目で見ながら、新聞を開いていた。

石田理事官や池田管理官の言葉を思い出しては、また気分が滅入った。二人が、あんな理不尽なことを言うなどと、これまで考えたこともなかった。

信頼できる上司だった。直接仕事で関わったことはあまりないのだが、彼らに不信感を抱いたことなどなかった。

彼らにああいう態度を取らせたのは、俺なのだろうか。樋口はそんなことを思った。

俺は間違ったことをしているのか。少なくとも、石田理事官と池田管理官は、そう考えているようだ。

彼らにしてみれば、樋口の言動は許せないのだろう。樋口が石田理事官の指示に従わなかったのは事実なのだ。

たとえ理不尽なものであっても、上司の命令には従わなければならない。それが警察官というものなのかもしれない。

未練はないと言いながら、やはり警察を去りたくはない。かといって、今さら石田理事官や池田管理官に詫びを入れる気にはなれない。

午前十時頃、携帯電話が振動した。

「秋葉《あきば》康一《こういち》」の着信表示がある。東京五区選出の衆議院議員だ。

「樋口です。ご無沙汰しております」

「やあ。休日に済まないね。あ、もしかして、日曜も仕事かな？」

「いえ、自宅にいます。お電話をいただいて驚きました。何かありましたか？」

「ちょっと相談があってね。時間を取ってくれるとありがたいんだが……」

「今日は一日だいじょうぶです」

「申し訳ないが、個人事務所にご足労いただけないだろうか」

「自由が丘駅前でしたね。うかがいます。時間は？」

「午後一時でどうだろう」

「けっこうです」

「では、後ほど……」

電話が切れた。

何事だろうと思いながら、樋口は恵子に言った。

「昼飯を早めにできるか？　出かけなければならなくなった」

「早め？　十一時半くらいでいい？」

「ああ」

「仕事？」

「いや。秋葉康一からの呼び出しだ」

「あら、秋葉さん。何かしら」

「相談があると言っていた」

「へえ……。衆議院議員から相談を受けるなんて、たいしたもんじゃない」

「何の話かわからないが、とにかく行ってみる」


「どうも、どうも。急に呼び出したりして、申し訳ない」

秋葉康一は、大きなテーブルに向かって座っていた。他のスタッフも同様にそのテーブルで仕事をしている。スチールデスクが並んでいる普通の事務所とは、ちょっと様子が違った。

「こちらへどうぞ」

奥の部屋に案内された。そこは、応接室のようだ。

「事務所にこんな部屋があったんですね」

樋口が言うと、秋葉は笑顔のまま言った。

「密談をやるような部屋は作りたくないんだが、党の役員が来て込み入った話をすることもあるんでね」

テーブルを挟んで向かい合った。

「……で、相談というのは？」

樋口が尋ねると、秋葉は言った。

「事務所のスタッフが一人辞めることになってね。その補充をしなければならないんだ」

「スタッフ？」

「広報担当なんだ。後援者に配るチラシの編集をしたりするのが仕事だ。選挙となれば、大忙しだ」

どうしてその話を、俺にするんだろう。

樋口はそんな疑問を抱いた。それが顔に出たのだろう。秋葉が言った。

「樋口さんに来ていただいたのは、娘さんのことをうかがいたかったからだ」

「照美のことを……？」

「そう。前の選挙のあと、ボランティアで協力してくれたよね」

「そうでしたね」

まだ、話が読めない。

「だからさ」

秋葉がじれたように言う。「娘さんに、働いてもらえないかと思ってね」

「あ……」

樋口は一瞬、ぽかんとした顔になった。「いや、そういうことですか……」

「今、娘さんは何をしてるんだっけ？」

「ＩＴ関連の会社に勤めています」

「そうか。お勤めか……。だとしたら、うちで働いてもらうのは、難しいかな……」

「いや、それが……」

樋口は、話していいものかどうか逡巡したが、結局、言うことにした。「実は、辞表を出したんです」

「辞表……？　会社を辞めるってことか？」

「ええ。会社の規定で、退社は一ヵ月ほど後のことになるらしいんですが……。まあ、有休とかがあるので、十五日くらいで辞められると言ってました」

「こいつは、神様の思《おぼ》し召しだな」

ちょっと意外な気がして、樋口は尋ねた。

「神なんて、信じるんですか？」

「こういうことが起きれば、信じたくもなるさ。だって、渡りに船じゃないか」

「しかし、こういう話は直接娘にしていただかないと……」

「そりゃそうだ。だが、まあ打診というか、感触だけでも聞いてみようと思ってね」

「じゃあ、私から娘に話をしてみましょう」

「そうしてくれると助かる」

「広報なら、娘も興味を示すかもしれません」

「よろしく頼む。ところで……」

「はい？」

「何かあったのかね？」

樋口は驚いて聞き返した。

「え？　なぜそんなことを……」

「精彩がない」

「は……」

樋口は、まじまじと秋葉の顔を見つめていた。

18

「失礼を承知で言うよ。以前お会いした樋口さんは、何というかこう、静かなエネルギーに満ちていた」

「静かなエネルギーですか？」

「そうとしか表現できないな。決して前に出てくるわけじゃないんだが、何というか侵しがたい強さが滲《にじ》み出ていた。今日はそれが感じられない」

政治家というのはあなどれないと、樋口は思った。いや、秋葉があなどれないと言うべきか……。

「おっしゃるとおりかもしれません。今、私はやる気をなくしています」

「そうなった原因があるわけだね」

「はい。あります」

「差し支えなければ、話してくれないか？」

「カイシャ内部のことなので、外部には洩らせません」

カイシャというのは、警察官など公務員の、自分たちの組織を指す符丁だ。

「話せる範囲でいいんだよ」

樋口は、しばらく考えてから言った。

「四面楚歌のような気分でして……」

「周りが敵だらけということだな？」

「はい」

「誰も味方がいないと……」

「そんな気分です」

それからしばらく、秋葉は何も言わずに樋口を見ていた。樋口は、眼を合わせられず下を向いていた。

やがて、秋葉が言った。

「そんなはずはない」

樋口は顔を上げた。

「え……？」

「味方がいないなんてはずはない。どんなときも、必ず味方はいるものだ。政治の世界にいるとね、それこそ、本当に四面楚歌の状況に追い込まれたりする。だがね、そんなときこそ、味方を見つけて大切にするんだ。私はそうしてきた」

「味方を大切に……」

「何かをやろうとしてそうなったということだな」

「そうです」

「樋口さんのことだ。それはきっと正しいことなんだと思う」

樋口はその言葉に後押しされたような気持ちになって言った。

「はい。私は正しいことだと信じています」

「ならば、同じように正しいことだと思い、樋口さんの側に立とうという人が必ずいるはずだ。今、樋口さんはきっと、その人たちが眼に入らないような心理状態なんだろうね」

樋口は、しばらく考えてから言った。

「そうですね。たしかに私は、目を閉じて、耳を塞いでいるような気分でした」

「ほら……」

秋葉が笑みを浮かべる。「樋口さんらしさが戻ってきたじゃないか」

味方はいる。それを忘れていた。

なるほど、秋葉が言うとおり、今日ここに来たのは、神の思し召しかもしれない。樋口はそう思った。


午後三時過ぎに自宅に戻った。

「照美はいるか？」

恵子がこたえた。

「部屋にいるはずよ」

「呼んでくれないか」

「自分で呼べばいいのに」

そう言いながら恵子は照美の部屋に向かった。

樋口は、まだ照美が反抗期だった頃のことが忘れられない。娘はある時期、父親を毛嫌いするものらしい。照美もそうだった。その印象が強すぎて、いまだに照美に声をかけるのが、ちょっと苦手だ。

リビングルームで待っていると、照美がやってきた。立ったまま、彼女は言った。

「なあに?」

「秋葉さんに会ってきた。事務所のスタッフを募集しているそうだ。広報担当らしい」

「え……」

照美が近づいてきてソファに座った。「それって、私の仕事の話?」

「ああ……。余計なことかもしれないが、もし興味があったら……」

「興味、大ありよ。ボランティアをやったときに、すごく毎日が楽しかった。秋葉さんの広報だったら、やり甲斐がある」

照美の眼が輝いている。こんな娘を見るのは、いつ以来のことだろう……。

樋口は、なんだか照れ臭くなって、眼をそらした。

「じゃあ、そういうふうに、秋葉さんに言っておく」

「それ、私から言っちゃだめ?」

「そうだな。そのほうがいいかもしれない」

「じゃあ、私が電話する。そして、ちゃんと秋葉さんにご挨拶に行く」

「わかった。じゃあ、そうしてくれ」

照美がすぐに部屋に戻るものと、樋口は思っていた。だが、彼女はソファから立ち上がろうとしなかった。

照美が言った。

「私ね、お父さんが腹を立ててるんだと思っていた」

その言葉に驚いて、思わず娘の顔を見た。

「腹を立ててる……？　どうしてだ？」

「会社、辞めちゃったし……」

「辞めるという話は聞いたじゃないか」

「でも結局、相談もせずに、会社に辞表を出したでしょう？　お父さんは、きっとそういうの、本当は嫌いなんだろうと思って……」

「そういうの？」

「せっかく雇ってくれた会社を、短期間で辞めちゃうようなこと」

「好き嫌いの問題じゃないだろう。昔は、一度勤めたら、転職などしないのが普通だったらしいが……」

「警察官一筋だし……」

「この前、やりたい仕事の話をしたな。あのとき、照美の覚悟を聞いた。そして、父さんは、もう何も言わないと言った。その方針は変えない」

照美はうなずいた。そして、立ち上がった。

「秋葉さんの件、ありがとう」

「それは、秋葉さんに言ってくれ」

照美が部屋に戻っていった。

入れ替わりで、恵子がやってきた。手に缶ビールを二本持っている。その一本を樋口に差し出す。

「何だ、これは」

「ビール」

「それはわかっているが……」

「その方針は変えない。なかなかいい台詞ね。あなたらしいわ」

「そうか」

「ほめてつかわす。褒美の酒じゃ」

樋口はビールを受け取った。

そして、二人は乾杯した。


月曜日、警視庁本部に登庁すると、樋口は捜査一課の自分の席にいた。氏家のところに匿ってもらおうかとも思ったが、もうこそこそするのは嫌だと思い直した。

池田管理官は、樋口のほうを見ようともしない。樋口もそちらを見ないようにしていた。

藤本がすでに席にいた。樋口が係長席に座ると、彼女はすぐに近づいてきて小声で言った。

「人事二課の知り合いから返事が来ました」

「それで……？」

「石田理事官と、初任科で同期だった人が、千住署にいました」

「誰だ？」

「新庄です」

藤本は大先輩を呼び捨てにした。だが、気持ちはわかる。

「新庄さん……」

樋口は眉をひそめた。「それは、意外な人物だな……」

「私もそう思いました。桐原係長たちをなだめていましたから……」

樋口は、しばらく考えてから言った。

「千住署の誰かが、石田理事官と通じていることは確かだと思う。だが、それが新庄さんだとは思えないが……」

「それだけ、巧妙なのかもしれません」

「巧妙……」

「そうです。桐原係長や、高木さんたちが、急に態度を変えたということは、それだけ影響力が大きい人がいたということですよね」

「だから、課長とか署長とか、立場が上の人のせいじゃないかと思ったんだが……」

「そうじゃなくて、新庄が陰で係長を操るような存在だとしたら……」

その言葉に、樋口は再び考え込んだ。

「それは、有益な情報だが、ただ理事官と同期だというだけじゃ……」

「石田理事官と関わりが深い人物であることは間違いありません。その知らせを受けたとき、私はビンゴだと思いました」

「新庄さんのことを、もっと調べる必要がある」

「伝手《つて》を頼って、情報を集めてみます」

「慎重にやってくれ。俺たちが洗っているということを本人が知ったら、さらに面倒なことになる」

　そのとき、強行犯第一係のほうで、大きな声がした。

「小松川署の捜査本部からです。被疑者確保です」

　係員が、池田管理官に知らせる声だ。

　池田管理官がこたえる。

「確かだな？」

「間違いありません。午前八時二十分、身柄を確保して逮捕状を執行しました」

　気がつくと樋口は立ち上がっていた。

　被疑者確保と聞くと、自然とそうなるのだ。樋口だけではない。他の係の島でも立ち上がっている者がかなりいる。

　藤本が言った。

「みんなが戻ってきますね」

「ああ」

　樋口はこたえた。「そして、天童さんも」

　被疑者確保で、捜査員たちの仕事が終わるわけではない。これから、彼らは送検のための書類作りを始めるのだ。

明らかな物証があればいいが、状況証拠の場合は、疎明《そめい》資料を作らなければならず、これに手間がかかる。

おそらく、天童や係のみんなが戻ってくるのは、明日以降になるだろうと、樋口は思った。それまでは、藤本と二人でなんとか頑張らなくてはならない。まさに「首の皮一枚」というのが実感だった。

それでも、天童たちが戻ってくるのは、朗報に間違いなかった。そして、これで石田理事官が樋口に、小松川署に行けと言う理由がなくなったわけだ。

電話が振動した。氏家からだった。

「なんだ？　賑やかだな。どこにいるんだ？」

「捜査一課だ。小松川署の捜査本部が、被疑者を確保したという知らせが入った」

「それで盛り上がっているのか」

「ああ」

「千住署生安課の少年係が、原田勇人や水島夏希のことを教えてくれた」

「どんなやつらなんだ？」

「手がつけられないと言っていた。原田は、いわゆる札付きの非行少年だ。井田とは別の私立高校に通っているが、あのあたりで原田を知らない不良はいないと言われているようだ。

凶暴でずる賢い」

「ケツ持ちは？」

「マルBはついていないようだが、だからといってマシだとは言えない。今どきの半グレは、ヤクザを恐れたり頼ったりしないからな。原田も実際は半グレみたいなもんだろう」

「家庭環境は？」

「父子家庭だが、父親はまるで原田に無関心だ。……というより、手に負えないと諦めているのかもしれない」

「水島夏希は、そんな原田と交際しているわけだな？」

「学校ではおとなしく振る舞っているらしいがな、これもたいへんなタマだ。原田は、二人の仲間とつるんでいるんだが、そのグループで『姐《あね》さん』気取りなんだそうだ」

マルBの世界では、組長は「オヤジ」だが、その妻はなぜか「姐さん」と呼ばれる。

「その二人の仲間というのは？」

「本木《もとき》新《しん》と川内《かわうち》優《まさる》。原田と同じ高校の生徒だ。本木は、本部の本に樹木のモク。新は新しいという字だ。川内は三本川に内側。優は優秀のユウだ」

樋口はそれをメモした。

藤本が覗き込んで、同じメモを取る。

「つまり、四人グループということだな？」

「そう。だいたいその四人で行動しているらしい」

「原田と水島の住所は？」

氏家は足立区内の住所を言った。それもメモする。

「ただし……」

氏家の言葉が続いた。「自宅や学校に行っても、原田たちには会えないぞ」

「どこを捜せばいい」

「そういうやつらには、必ず溜まり場があるはずだ」

「それはどこだ？」

「そこまではまだ調べてない」

「わかった。それは俺たちの仕事だ」

「待て待て。どうせ手一杯なんだろう？　俺が調べてやるよ。ただし、俺にも仕事がある。夕方まで待てるか」

「もちろん待てるが……」

「夕方以降、勤務時間外なら、俺も動ける」

「いや、いくら何でも、そこまでは頼めない」

「おまえに、札付きの非行少年の相手は無理だ。餅は餅屋だからな」

「すまんな。正直言うと助かる」

「そうやって、いつも正直に言うことだ。じゃあな」

電話が切れた。

携帯電話をポケットにしまいながら、樋口は、秋葉が言ったことは間違いなかったと、改めて思った。

藤本がいる。氏家がいる。そして、もうじき天童が戻ってくる。間違いなく味方はいるのだ。

藤本が自分のメモを見ながら確認を取る。

「本木新と川内優は、原田の仲間ですね」

「そうだ。同じ私立高校の生徒だということだ」

「これらの住所は、原田と水島のものですね？」

「そうだが、氏家によると、自宅を訪ねていっても会えないだろうということだ」

そして、溜まり場を氏家が調べてくれていることを告げた。

「ダメ元で、自宅や学校を訪ねてみたらどうでしょう。うまくすれば、直当たりできます」

「俺では歯が立たないだろうと、氏家が言っている。札付きの非行少年だそうだ」

「じゃあ、どうするんです？」

「夕方以降、氏家が付き合ってくれると言っている」

「氏家さん、選挙係の係長ですよね」

「あいつは、根っからの少年担当なんだよ」

藤本はうなずいた。

「たしかに、氏家さんがいてくれたら、心強いですね」

「俺もそう思う」

「それまで、どうします？」

樋口はしばらく考えてから言った。

「桐原係長に会おうと思う」

藤本は目を丸くした。

「千住署強行犯係の……？」

「そうだ」

藤本は信じられないものを見るような眼を、樋口に向けている。

「また追い出されるのがオチですよ」

「そうかもしれないな……。とにかく、アポを取ってみる」

樋口は、警電の受話器を上げた。

19

もしかしたら、樋口からの電話には出ないのではないかと思っていた。だが、桐原係長は出た。

「何の用だ」

冷ややかな口調だ。

樋口はこういう相手と話をするのが、本当に苦手だ。自分に反感を持っている者とは、極力接したくない。

そして、できれば誰にも反感を抱かれずに過ごしたいと願っている。だが、生きている限り、そうはいかないのだ。

憎まれたり怨まれたりすることは必ずあるし、そういう相手と正面からぶつからなければならないこともある。

「話を聞いてもらいたいと思いまして」

「何度も言ってるだろう。もう話を聞く必要などないんだ」

断られるのを覚悟の上で、樋口は言った。

「会ってもらえませんか?」

拒否されたら、誰か間に立ってくれる人を探そうと思った。

意外なこたえが返ってきた。

「会ってもいい」

「では、すぐにうかがいます」

「署では会えない」

桐原係長の声が少しだけ小さくなった。「北千住駅前のロータリーにいてくれ」

「時間は?」

「午後三時」

「わかりました」

電話が切れた。受話器を置くと、樋口は藤本に今の桐原係長の言葉を伝えた。

「へえ……。会ってくれるんですね」

驚いた表情だった。

「ああ……」

「あの……」

藤本が遠慮がちに言った。「会って、どうなさるおつもりですか？」

「正直言って、わからない。だが、話をしないわけにはいかないだろう」

「それはそうですが……」

「態度が急変したのには、わけがあるはずだ。それを尋ねてみたい」

「話してくれるでしょうか」

「とにかく訊いてみるよ」

「それって、つまり、新庄のことを尋ねるってことですよね」

「大先輩なんだから、呼び捨てはよくないぞ」

「でも、私たちの捜査の邪魔をしているわけでしょう？」

「まだ、そうと決まったわけじゃない」

「じゃあ、それがわかるまで、さん付けにしておきます」

「そのほうがいい」

「北千住に行くまでに新庄さんのことをできるだけ調べておきます」

「そうだな。そうしてくれ」

藤本が自分の席に戻っていった。樋口班は二人だけだ。仲間たちがいないのは、こんなに心細いものなのだと、樋口は改めて思っていた。

昼になり食事に行こうとして、藤本の席に眼をやると、彼女はいなかった。出かける前に、溜まっている書類仕事を少しでも片づけようと思い、ずっとパソコンの画面を見つめていたので、彼女が席を外したのに気がつかなかったのだ。

樋口は、一人で十七階のカフェに行ってカレーライスをかき込んだ。さっさと食事を済ませて席に戻る。まだ、席に藤本の姿はない。

樋口は、ふと池田管理官の席のほうを見た。そこもやはり空席だった。昼食に出かけたのだろう。

また、池田管理官や石田理事官から呼び出しがあるかもしれない。何を言われてもいいと、樋口は思っていた。自分が正しいと思うことをやって処分されるなら仕方がない。警察がその程度の組織だったということだ。そう思うことにした。

藤本が戻ってきたのは、午後一時半頃のことだ。樋口はすぐに声をかけた。

「何かわかったか？」

「伝手を辿《たど》って、千住署の内情を知ってそうな人を探したんですけど、警察内部でそういうことを探ると、新庄さんにばれちゃいそうじゃないですか」

「たしかに、彼の耳に入る恐れがあるな」

「うっかり話を聞いた人が、新庄さんの手下かもしれないし」

「手下か……。言葉は悪いが、言いたいことはわかる。じゃあ、打つ手なしか」

「いえ、ですから、外の人に訊いてみることにしました」

「外の人……？」

「そもそも今回の出来事の発端になった人です」

「遠藤記者か？」

「いいえ。新聞各社、千住署担当の記者さんがいるはずでしょう？　直接話が聞けないかと思って……」

「そいつは、へたをすると、警察内部の誰かに話をするより危険かもしれないぞ。千住署担当の記者が、新庄さんに直当たりするかもしれない。本部の刑事が新庄さんのことを調べているようですが、心当たりはありますか、などと……」

「そのへんはだいじょうぶです。遠藤さん同様に、その記者も、井田さんの件については疑問に思っているということでしたから。……というか、もともとその記者から遠藤さんに話が行ったようなんです」

「何という記者だ？」

「関東日報の下柳昭二です」

「え、下柳？　あの下柳か？」

樋口がよく知っている記者だった。

「そうです。ベテランですよね。警視庁本部の記者クラブにいたことがあるそうですね」

「年齢からすると、デスクやキャップでもおかしくない」

「それが、千住署担当の記者なんです」

反骨精神丸出しの記者だった。ジャーナリストとしては頼りになるが、社内では扱いにくい存在なのだろう。

「それで、その下柳から話は聞けたのか？」

「社に行けば、話をしてくれるということです」

樋口は時計を見た。午後一時四十分だ。

関東日報は、警視庁本部と同じ千代田区内にある。

「すぐに行って話を聞こう」

急いでいるので、タクシーを使った。関東日報に着いたのは、本部庁舎を出て十分後だった。

タクシーの中から藤本が電話をしたので、到着するとすぐにパーティションで仕切られた談話室に案内された。同じような部屋がずらりと並んでおり、その中の一つで下柳が待っていた。

「やあ、樋口係長。久しぶりだね」

少し長めのぼさぼさの髪。スーツを着ているが、すっかり型崩れしている。ワイシャツも
よれよれだ。だが、それがいかにも記者らしく様になっている。

樋口よりも二歳年下のはずだが、年上のような風格だ。

「急いでいるんで、単刀直入に尋ねる。千住署の新庄という刑事は、どんなやつだ？」

下柳は、その質問には直接こたえず、逆に聞き返してきた。

「井田友彦の件、調べてくれているんだね？　遠藤に話せば、樋口さんに話が行くと読んで
いたんだが、思ったとおりだった」

「おかげで俺は、上から絞られている。所轄の事案に横槍を入れるなと」

「それも、新庄さんのせいかもしれないね。顔が広い人だから……。同期には偉い人もい
る」

「そのようだな」

「ひとことで言うと、彼は千住署の主だね」

「主か……」

樋口は待機寮に住んでいた独身時代を思い出した。どこの寮にも「主」がいたものだ。ベテランで独身の巡査部長だ。

若い警察官は誰も逆らえない。みんな顎で使われた。今で言う「パワハラ」のやり放題だった。

樋口は言った。

「頼りになるベテランは、どこの署にもいるものだが……」

「性格によるんだろうね。新庄は、陰で強行犯係を……、いや、刑事課全体を仕切っているね。係長も逆らえない。なにせ、署長や副署長といった幹部と同じくらいの年齢だからね」

樋口はうなずいた。警察では、階級よりも年齢がものを言うことがある。桐原係長は、新庄よりも年齢が下だ。

年上の係員が、係長を支えるのはよくあることだ。樋口班もそうだ。年上の小椋が、いつも樋口をサポートしてくれる。

もし、その小椋が係を仕切りはじめたらどうなるだろう。

樋口は想像してみた。きっと自分は、小椋には逆らえなくなるのではないだろうか。そのようなことが、千住署で起きているのだろう。

樋口が考え込んでいると、下柳が言った。

「井田友彦の件も、新庄さんの鶴の一声だったようだ。彼が自殺で幕引きをしてしまった。刑事課長や副署長、署長といった幹部にとってはありがたい話だ。捜査が早く終われば、金も手間もかからない。係長や他の係員が疑問に思っていても、新庄には逆らえないんだ。彼の強みは豊富な人脈と、署の幹部からの信頼だ。千住署内で、新庄さんに逆らったら、何をされるかわからないと、同僚たちは思っている。触らぬ神に祟りなしって感じだね」

「誤りは正すべきだ」

「人に間違いを指摘されて、はいそうですかと言う人じゃあない。特に、本部の刑事が調べ直すなどと言ったら、意地になって突っぱねるだろうね」

「そういうことだったのか……」

「新庄は決して前面には出てこない。いつも陰で糸を引くんだ。当たりが柔らかいので、つい騙《だま》されてしまうがね……」

樋口は時計を見た。二時を回っている。そろそろ北千住に出かけたほうがいい。

「いろいろとためになる話が聞けた。礼を言う」

下柳は樋口を見据えて言った。

「井田友彦の無念を晴らしてやってくれ」

樋口と藤本は、談話室を出た。

北千住駅には、午後三時十分前に着いた。駅前のロータリーの前に立ち、樋口は桐原が現れるのを待っていた。

藤本が言った。

「向こうはどう出るでしょうね」

「敵意をむき出しにしてくる。そう思っていたほうがいいな」

やがて、目の前にシルバーグレーの小型のセダンが停まった。警察の車両によくあるタイプだったので、樋口は運転席を覗き込んだ。

桐原係長だった。樋口は、後部座席のドアを開け、先に藤本を乗せた。樋口が乗り込み、ドアを閉めると、桐原係長が言った。

「シートベルトをしてくれ。交通課がうるさくてな……」

樋口と藤本は言われたとおりにした。すると、桐原係長は車を発進させた。

ハンドルを操りながら、桐原係長が言った。

「もう勘弁してくれないか」

懇願するような口調だった。

厳しい口調で攻撃してくるものと思っていた樋口は戸惑ってしまった。

「私は別に、千住署の強行犯係を責めているわけではありません」

「勘弁してほしいと言ったのは、責められるとか、そういう意味じゃない。もう、放っておいてほしいということだ」

「そうはいきません。井田友彦の件は、自殺ではありません。他殺として捜査し直さなければならないのです」

「俺たちの調べでは自殺だった」

「そうじゃないでしょう。強行犯係の中にも、疑問を持っている人はいるんじゃないですか？」

「どんな捜査でも、意見の対立はあるだろう」

「その結果、正しい結論が選択されなければなりません」

「俺たちの結論は正しかったはずだ」

「私はそうは思いません」

やがて、車はコインパーキングに入った。駐車すると、桐原係長は体を捻って樋口のほうを見た。

「それはあんたの勝手な思い込みだ」

「自殺だと断定したのは、新庄さんですね？」

樋口がそう尋ねると、不意を衝かれたように桐原係長は押し黙った。

沈黙が続くので、樋口はさらに言った。

「私は、捜査一課の石田理事官に叱責されました。新庄さんと石田理事官は同期だということです」

「新庄が何だと言うんだ」

桐原係長は語気を強めた。だが、それは強がりにしか聞こえなかった。

樋口は言った。

「もう一度、いっしょに捜査してもらえませんか」

「結論は出ているんだ」

「その結論は、見直さなければなりません」

桐原係長が再び沈黙した。何事か考えているのだ。それは悪い流れではない。樋口は、黙って桐原係長に考えさせることにした。

突然、桐原係長が車を降りた。

どうやら、駐車料金を払いに行ったらしい。戻ってくると、無言のまま車を出した。会話を拒絶しているような態度だ。樋口は話しかけることができなかった。

車は、北千住駅前のロータリーに戻った。車を停めると、桐原係長は前を向いたまま言った。

「確約はできない」

「え……」

どういう意味だろうと思った。「捜査のやり直しを考えてくれるということですか？」

「だから、確約はできないんだ。今はそれしか言えない」

「いつ返事をいただけますか？」

「それもわからない」

「できるだけ早く連絡をください」

樋口はそう言うしかなかった。

藤本と共に降りると、車はすぐに発進した。二人は、ロータリーの前に立ち、車が走り去った方向を、半ば茫然と眺めていた。

藤本が言った。

「新庄さんの話が効いたようですね」

「桐原係長はおそらく、自殺じゃないと考えている。だけど、新庄さんに逆らうことができなかった。辛い立場だったろうな」

「これから、どうします？」

いのだ。

樋口は時計を見た。午後三時半だ。

千住署が捜査をやり直すとは限らない。だから今は、樋口たちだけで捜査を続けるしかないのだ。

「夕方に氏家と、原田たちの溜まり場で合流する。溜まり場はおそらくこの近くだろうから、本部に戻るのは無駄だな……」

「現場付近でできることを考えますか……」

これが、捜査本部などの組織立った捜査なら、やるべきことは次々と頭に浮かぶはずだ。地取り班、鑑取り班、手口捜査班など、それぞれの役割を持った集団が、互いを補い合うような形で一斉に動く。

だが、樋口と藤本の二人だけとなると、なかなか思うように動けない。例えば、原田や水島たちを監視していなければ、うかつに周辺の聞き込みもできない。

聞き込みをした相手の誰かが、本人たちにそのことを知らせるかもしれない。そうすると、逃走や証拠湮滅《いんめつ》の恐れがあるのだ。

つくづく捜査というのは組織力が必要なのだと、樋口は思った。一人や二人ではできることが限られている。どこをつついても、藪蛇になりそうな気がする。

「取りあえず、お茶くらい飲んでも、バチは当たらないだろう」

「ルミネの二階にカフェがあります。そこに行きますか？」

「そうだな。そうしよう」

一休みするのもいい。樋口はそう思った。

カフェでは、捜査に関する話はできないので、樋口も藤本も自然と口数が少なくなる。ゆっくりコーヒーを味わい、一時間ほど過ごした。

「ちょっと、氏家に電話をしてくる」

樋口は藤本にそう言って、店の外に出た。人通りのないあたりで、電話をした。

「はい、氏家」

「溜まり場はわかったか？」

「ああ。千住署の少年係が知っていた。俺は定時で本部を出ようと思う。今、どこにいるんだ？」

「北千住の駅ビルにいる」

「じゃあ、現地で待ち合わせだな。溜まり場の名はスナックＢＢ。所在地を言うぞ」

「ちょっと待ってくれ……」

樋口は、メモ帳とボールペンを取り出して、氏家が言う所在地を書き込んだ。

「じゃあ、後で……」

樋口が言うと、氏家がこたえた。

「ああ。俺が行くまで、無茶はするなよ」

電話を切るとカフェに戻り、藤本に氏家から聞いた所在地を教える。藤本はすぐにそれをスマートフォンの地図アプリに打ち込んだ。

「足立区千住三丁目……。このすぐ近くですね」

「氏家は、自分が行くまで無茶をするなと言っていたが、どんなところか下見をするだけなら問題はないだろう。行ってみよう」

二人は、カフェを出ると、北千住駅から北に向かった。駅前には大きな歩道橋があり、それをビルが取り囲んでいて近代的だが、一歩そこを離れると、かなり雑然とした古い街並みが姿を見せる。

藤本がスマートフォンを見ながら進んでいく一帯は、車が入れない細い路地が交差しており、時代に取り残された感がある。若者なら「昭和の街並み」などと言うだろう。

いや、時代など関係ない。本来の街というのは、こういうものなのではないかと、樋口は思った。妙に懐かしい。

細い路地の先には、さらに怪しげな一帯がありそうだ。

「この先にあるスナックのようですね」

藤本が言った。

路地の奥まったところに、小さな飲食店が点在している。その中の一軒だ。スナックなどはよくスタンド看板を路上に出しているが、スナックBBの前には何もなかった。ドアの脇に電飾の看板がある。

藤本が言った。

「この時間、まだ店をやってるかどうかわかりませんね」

「だが、原田はここにいるかもしれない。しばらく様子を見よう」

樋口は店の前から離れた。

20

「何だよ。絵に描いたような刑事の張り込みだな」

氏家がやってきて、樋口たちに言った。

時刻は、午後六時半になろうとしている。樋口と藤本は、路地の角でブロック塀に身を隠すようにしてスナックBBの出入り口を見張っていた。

樋口は言った。

「この時刻になっても、まったく人の出入りがない」

「営業してないからな」

「何だって？」

「あのスナックは、店を閉めちまったんだ。三ヵ月ほど前のことだ。原田たちはその前から入り浸っていたようで、店の経営者だった人は、そのままずるずると場所を使わせているらしい」

「スナックの跡地を占拠しているってことか？」

「大げさに言えばそういうことだが、借り手がつくまで好きにさせているってことだろう」

「……で、どうする？」

「話を聞きたいんだろう？」

氏家が歩き出した。

だんだん日が長くなってきたとはいえ、午後六時半にはあたりは暗くなる。頼りない街灯の下を進み、スナックBBの前にやってきた。

氏家はドアノブを握った。それから、拳でドアを叩きはじめる。

「誰かいますか？　いるんでしょう？」

返事はない。

氏家は、ドアに耳をあてて中の様子をうかがう。そして、再びドアを叩いた。

彼の行動にはまったく迷いがなかった。ドアを叩く音が近所に響き渡るが、氏家は平気な様子だ。

やがて、ドアが開いた。顔を出したのは、いかにも素行の悪そうな少年だった。

「何だよ、うるせえな。殺されてえのか」

氏家は、警察手帳を出した。

「原田勇人と水島夏希に話を聞きたい」

「警察に用はねえよ。帰れよ」

「こっちは用があるから来てるんだ。話を聞くまで帰れない」

正直言って、非行少年など顔を見るのも嫌だ。だから、樋口は、非行少年たちが主人公の映画やドラマも嫌いだった。

アメリカの反社会勢力や非行少年を背景としたヒップホップという文化も、どうしても好きになれない。

ストリートギャングたちが、殺し合いの代わりにダンスやラップの優劣を競ったという。

だから、ヒップホップは非暴力の象徴だなどという意見があるが、もともと暴力のないところにヒップホップは生まれなかったと、樋口は思うのだ。

いや、理屈ではなく、見た目や仕草、たたずまいが好きになれないのだと思う。偏見だと言われればそれまでだが、仕方がない。

愛好者たちは、抵抗の文化などと言うが、樋口が考える抵抗や反骨というのは、ああいう形ではない。

一方、氏家はまったく気にしていない様子だ。長年、少年犯罪にたずさわってきたので慣れているのだろうが、おそらくそれだけではない。

氏家には、俺のような偏見がないのかもしれないと、樋口は思う。

戸口の非行少年の威嚇的な眼差しにも、氏家は毅然としている。

「もしかして、君が原田勇人か？」

「ふん。顔も知らないで話を聞きに来たのか？」

「どうやらそうじゃないらしいな。君は、本木新か川内優のどちらかだろう」

とたんに、相手の眼の力が弱まる。威嚇の姿勢は崩さないが、動揺したのは明らかだ。警察官に名前を言われるのは嫌なものだ。

氏家がさらに尋ねる。

「どうなんだ？」

「うるせえな。どうだっていいだろう」

「本木なのか？　川内か？」

「川内だよ」

「じゃあ、川内。原田に会わせてくれ」

「ふざけんな。帰れよ」

川内がドアを閉めようとする。氏家はドアノブをつかみ、それを許さなかった。

「話をせずにドアを閉めたら、何か後ろめたいことがあるのだろうと、俺たちは考える。警察がそう判断すると、けっこう面倒なことになるぞ」

川内は「うるせえな」と繰り返した。もともと、こういう連中のボキャブラリーは少ない。

氏家を睨んでいた川内が振り向いた。背後から誰かに何かを言われたようだ。

川内が舌打ちをしてから、後ろに下がって場所を空けた。

氏家がまったく躊躇なく店内に入っていく。樋口と藤本も、それに続いた。

店内は薄暗かった。カウンターがあり、さらにボックス席がいくつかあった。カウンターのスツールやソファ、テーブルはまだ残っていた。居抜きで借りてくれる相手を探しているのかもしれない。

カウンターのスツールに少年がいた。

そして、奥の席のソファに男女が座っていた。

カウンターの少年が本木新、奥の二人が原田勇人と水島夏希だろう。氏家が、まっすぐに奥の席に進む。樋口と藤本は、それについていった。

立ち止まると、氏家が言った。

「原田勇人と水島夏希だな？」

ソファの男女は何も言わない。彼らが、制服姿なのに、樋口は違和感を覚えた。そう言えば、川内も本木らしいカウンターの少年も制服を着ている。

どうせ学校には行かないのだろうから、私服にすればいいものを……。

少女がこたえた。

「だったら、何だって言うの？」

「質問にこたえてもらいたい」

「何の質問？」

「井田友彦君を知ってるな？」

「井田……？　ああ、自殺したやつね」

原田は何も言わない。姿勢も表情も変えない。非行少年というより、いっぱしのワルの雰囲気だ。

氏家の質問が続く。

「自殺の原因に何か心当たりはないか？」

「何でそんなこと訊くんだよ」

「質問しているのはこっちだ」

「心当たりなんて、あるわけない。井田とはあんまり話をしたことないし」

氏家が原田を見た。

「そっちはどうだ？　何か心当たりはないか？」

それまで無表情だった原田に変化があった。同じ姿勢のまま、かすかに笑いを浮かべたのだ。嘲《あざけ》るような笑いだ。

その表情を見たとたん、樋口は思った。

こいつが犯人だ。

理由はない。だが、原田が浮かべた笑いがそれを物語っていると、樋口は強く感じた。

氏家はさらに言った。

「何かこたえてもらいたいんだがな……」

原田は、つまらなそうに眼をそらした。それきり、氏家のほうを見ようとしない。

「俺と違って、こっちにいるのは、本部の強行犯担当のおっかない刑事だ」

氏家はそう言ってから樋口を見た。「何か訊きたいことはあるか？」

樋口は水島夏希を見て言った。

「あなたは、井田友彦君と同じ学校ですね？」

「そうだけど？」

「井田君に交際を申し込まれたことがあると聞きましたが、本当ですか？」

水島は面倒臭げに顔をしかめた。

「誰がそんなことを言ったんだよ」

樋口は、氏家の真似をすることにした。

「質問しているのは、こちらです。本当ですか？」

「知らねえよ、そんなこと」

「知らないはずはないでしょう。あなた自身のことです。こたえは、イエスかノーかのはずです」

水島がそっぽを向いた。

樋口はふと、反抗期の照美を思い出した。あの頃は、娘に対してなす術《すべ》がなかった。

だが、目の前の少女は娘ではない。殺人事件の重要参考人だ。

「ここでこたえられないのなら、警察に来てもらうことになります」

水島は黙ったままで、原田を見た。原田なら何とかしてくれると思っているようだ。

だが、それは間違いだ。どんなに大物を気取っていようとも、非行少年が警察に対抗することはできない。

原田はまた薄笑いを浮かべていた。余裕を見せようとしているようだ。

狭い店の中に緊張感が満ちてくる。本木と川内はかなり殺気立っている。

「な、言ったとおりだろう」

氏家が言った。「この刑事はおっかないんだ。この人を怒らせないことだ」

原田は笑みを消し去り、再びつまらなそうな顔になった。

氏家が言った。

「今日はこれで帰るから、そこんとこをよく考えておけ」

そして、彼は踵を返した。そして、樋口と藤本に先に出ろと、顎で合図した。

ぴりぴりした雰囲気の店内を横切り、出入り口に近づく。少年たちは誰も動こうとしない。

藤本を先に外に出して、樋口がそれに続いた。店の外に出て、氏家がドアを閉めると、樋口は大きく息をついた。

先ほど張り込みをしていた路地の角までやってきて、樋口は氏家に言った。

「原田はけっこうな迫力だったな」

「言っただろう。札付きだって。腕っぷしも相当なもんだろうから、立ち回りになったら、けっこう面倒なことになるぞ」

藤本が言った。

「あいつら、結局何もこたえませんでしたね」

樋口は言った。

「ああ。だが、会ってみてよかったと、俺は思う」

氏家が樋口に言う。

「何か感じたんだな」

「犯人は原田だ。そう感じた」

藤本が言った。

「緒方竜生の証言もありますからね」

「あの笑いだよ」

樋口は言った。「原田は、こちらが質問したときに、二度笑いを浮かべた。人をばかにしたような笑いだ。それを見た瞬間に、俺はこいつが犯人だと確信したんだ」

「あれは、ごまかしているんだよ」

氏家の言葉に、樋口は聞き返した。

「ごまかしている？」

「そう。痛いところを衝かれたが、動揺を見せるわけにはいかない。そういうときに、ああいう笑いをしてみせるんだ」

「俺が感じたことは間違っていないということだな？」

「ああ。俺も同感だよ。ただ、笑った顔を見て犯人だと直感したと言っても、それは根拠にはならない。検察はそっぽを向くぞ」

「わかっている。証拠固めはこれからだ」

「たった二人で、どうやって証拠を見つけていくんだ？　そいつは無理ってもんだろう」

「さっき、千住署の係長と会って、捜査をやり直してくれと頼んだ」

「それで……？」

「確約はできないと言われた」

「それは、まんざら可能性がないわけじゃないということだな」

「俺はそう思っている」

氏家は、ちらりとスナックＢＢのほうを見てから言った。

「それで、これからどうする？」

「俺たちは彼らにプレッシャーをかけたわけだな？」

「間違いない」

「ならば、何か動きを見せるかもしれない」

「つまり、張り込みか？」

「ああ」

「あんたと藤本しかいないんだろう？」

「やるしかない」

氏家が顔をしかめる。

「俺にも付き合えということだな」

樋口は驚いて言った。

「そんなことは言ってない。もう充分手を貸してもらった。帰宅してくれ」

「二人を置いて帰るわけにはいかないだろう。二人で張り込みはきつい。だが、三人いれば一人が交代で休憩できる」

「本来なら、選挙係のおまえに頼むわけにはいかない。だが、正直言って、ありがたい」

氏家があっけらかんとした口調で言った。

「じゃあ、始めるか」

街角に立って張り込みをしていると、通行人などに、さぞかし好奇の眼を向けられるのだろうと、樋口は刑事になったばかりの頃、思っていた。

だが、実際にはそれほどのことはない。多くの場合、気にするのは、見張られている対象者だけだ。

三人のうち一人が、北千住駅西口近くにあるインターネットカフェで休憩を取りながら、朝まで張り込みを続けた。

原田たちに動きはなかった。一晩中、スナックＢＢから出てこなかったのだ。

樋口は氏家に言った。

「えらく慎重だな」

「なに、動くに動けないいんだよ」

「びびってるってことか？」

「考えているんだ。所轄の少年係のことはよく知ってるだろうが、本部の強行犯係となると話は別なんだよ」

「考えているということは、つまり、彼らが犯人で間違いないということだな」

「それを確かめるための張り込みだろう」

そのとき、休憩していた藤本が戻ってきた。

樋口は彼女に尋ねた。

「休めたか？」

「はい。ばっちりです」

氏家が言った。

「じゃあ、俺は本部に行くよ。選挙係の仕事があるんでな」

樋口は言った。

「助かった。恩に着る」

「その言葉はまだ早い。事件は解決していないし、理事官には睨まれたままだろう」

「そうだな。だが、礼を言っておく」

「何かあったら、また連絡をくれ」

氏家は、北千住駅に向かった。

それから、ややあって、藤本が言った。

「ドアが開きました。誰か出てきます」

ブロック塀に身を隠し、様子をうかがった。スナックＢＢから出てきたのは水島夏希だった。紺色のリュックを右肩にかけている。

藤本が言った。

「あれ、通学カバンですね。学校に行くんでしょうか」

なるほど、彼らが制服姿だったのは、溜まり場から直接学校に行くことを考えてのことだったのか。

原田たちが登校する様子はない。気が向いたときに学校に顔を出すのだろう。

水島夏希だけは真面目に登校しているのではないだろうか。だから、井田が交際を申し込むようなことにもなったのだ。水島が原田たちと、ずっと行動を共にしていたら、井田との接点などなかったはずだ。

それだけ水島が狡猾だということだろうか……。

「彼女を尾行しますか？」

「いや、いい。原田たちを見張るほうが優先度が高い」

「わかりました」

午前九時過ぎに、携帯電話が振動した。桐原係長からだった。

「はい、樋口」

「署に来てくれるか」

「捜査をやり直してもらえるのですか？」

「まずは、話をしたい」

「うかがうに当たって、頼みがあります」

「何だ？」

「今、張り込みをやっています。交代要員がいないと、ここを動けません」

「張り込み？　どこで誰を張り込んでいるんだ？」

「井田を殺害したと思われる、原田という高校生とその仲間です」

そして、樋口はスナックＢＢの所在地を告げた。桐原係長が怪訝そうに言った。

「井田を殺害した……？」

「その疑いが強いのです」

「とにかく、張り込み要員を送る」

電話が切れた。

それから約十分後、高木と土井がやってきた。彼らは無表情だった。今樋口に対してどんな感情を抱いているか、彼らの顔から読み取ることはできなかった。

高木が「代わります」とだけ言った。

「頼む」

樋口はそう言うと、藤本を連れて徒歩で千住署に向かった。

21

千住署で樋口と藤本を待っていたのは、桐原係長ではなく、新庄だった。こういう事態を想定していなかったわけではないが、さすがに樋口は不安になった。

新庄が言った。

「あなたも、なかなか強情な人のようですね」

強行犯係の島には、新庄しかいない。人ばらいをしたのかもしれない。

「私は、桐原係長と話をしに来たのですが……。係長はどこです？」

「まあ、そうおっしゃらずに……。お話は私がうかがいますよ。こちらへどうぞ」

部屋の隅に、来客用の小さな応接セットがある。そこに案内された。

桐原係長がいないのなら、出直そうかと思った。だが、これはまたとないチャンスかもしれないと、樋口は思い直した。

新庄の考え違いを正すことができれば、それに越したことはないのだ。

低くて小さいテーブルを挟んで、樋口は新庄と向かい合った。樋口の隣に藤本が腰を下ろす。

「秩序が大切だということは、樋口係長もよくご存じですよね」

新庄にそう言われて、樋口はうなずく。

「もちろんです」

「我々千住署が担当し、捜査して出した結論に、事情をよく知らない本部の方があれこれおっしゃるというのは、秩序を乱していることになりませんか？」

「秩序よりも大切なことがあると思います」

「ほう、それは何です？」

「事実を明らかにすることです」

「井田友彦は自殺した。たいへん不幸な出来事ですが、それが事実です」

「いいえ、自殺ではなく、他殺だと思います」

「それは、樋口係長の個人的な見解でしょう。千住署が出したものが公式の結論です」

「それはいつでも訂正することができます」

「そんなことをしたら、警察の面子がつぶれますよ」

「面子を大切にするのなら、犯人を捕まえるべきです」

「犯人なんていませんよ。自殺なんですから……」

「目星をつけている被疑者がいます」

「無理やり誰かを被疑者にしたら、誤認逮捕や冤罪ということになりますよ。まあ、あなたは殺人犯捜査係の係長ですから、何でも殺人事件に仕立てて、実績を挙げたいのでしょうが……」

新庄の口調は、ずっと穏やかなままだったが、明らかに樋口を挑発していた。藤本が腹を立てているのが、肌で感じられる。だから、樋口は冷静でいられた。

「そうではありません。現場で遺体発見当時の様子を詳しく聞きましたが、自殺と考えるには不自然なことが多いのです」

「それはきっと、偏った見方をしているからじゃないですか？」

「偏った見方をしているのは、我々ではないと思います」

新庄は、困ったような顔をした。

「ねえ、樋口さん。あなた、捜査一課の中でちょっとまずい立場になっているんじゃないですか？」

「石田理事官のことを言っているのですか？　同期だそうですね？」

「これ以上、うちの署に迷惑をかけるようなら、もっとまずいことになると思いますよ」

「そんなことはどうでもいいんです」

樋口の言葉に、新庄は怪訝そうな表情になった。

「どうでもいい？　それはどういうことです？」

本当に意味がわからない様子だ。

「私の立場など、どうでもいいということです。そんなことより、警察官として殺人犯を見逃すわけにはいかない。そう思っているのです。殺害した犯人を検挙しなければなりません。でないと、息子さんを亡くされたご両親に合わせる顔がありません」

「困った人だ」

新庄はそう言って溜め息をついた。「本当にどうなってもいいんですね？」

そして、新庄は立ち上がった。

樋口は言った。

「もう一度言います。私は桐原係長と話をしに来たのです。会わせてください」

新庄は樋口に背を向けて言った。

「お引き取りください。話は終わりました」

そして、彼はその場から歩き去った。


千住署を出ると、藤本が言った。

「桐原係長に、裏切られましたね」

「そう思いたくはないがな……」

二人は、スナックＢＢの張り込みをやっていた場所に戻ることにした。高木と土井に任せたものの、彼らがまだ監視を続けているかどうか気になった。

戻ってみると、そこには高木と土井だけでなく、桐原係長の姿があったので、樋口は驚いた。

「私を署に呼び出しておいて、どうしてここにいるんですか？」

すると、桐原係長が言った。

「言われたとおり、交代要員を用意したんだから、文句はないだろう」

「あなたと話ができるものと思って署に足を運んだんです」

「新庄と話せば、それでいいんだ」

「よくはありません」

「とにかく」

桐原係長は、厳しい眼で樋口を見た。「ここは俺たちに任せて、あんたらは帰ってくれ」

樋口が反論しようとしたとき、携帯電話が振動した。天童からだった。

「ちょっと、失礼します」

電話に出ると、天童が言った。

「ヒグっちゃん。今どこにいる？」

「北千住駅の近くです」

「戻れないか？」

樋口は、桐原係長たちを一瞥してからこたえた。

「わかりました。すぐに戻ります」

結局、桐原係長の言葉に従うことになった。


警視庁本部・捜査一課に戻ると、天童管理官や樋口班の係員たちの姿があった。彼らの顔を見て、樋口は心からほっとしていた。

樋口はすぐに天童管理官のもとに行き、言った。

「小松川署から戻られたのですね？」

「ああ。捜査本部は昨日で終わりだ。そっちは、どうだ？」

「今しがた、千住署に行ってきたのですが……」

樋口は、これまでの経緯を改めて説明した。話を聞き終えた天童が言った。

「自殺でなく、殺人だというのは、間違いないんだな？」

「そう疑うだけの根拠はいくつかあります。被疑者の目星もついています」

「問題は、千住署の主か……」

「はい。新庄さんは、石田理事官を通じて、さらにこちらに圧力をかけることをほのめかしていました」

天童管理官が、考え込んだ。

そのとき、係員の一人が樋口のもとにやってきた。

「内線が入りました」

樋口は言った。

「管理官に報告をしている最中だぞ」

「石田理事官からなんです。至急、理事官室に来るように、とのことです」

樋口は天童を見て言った。

「さっそくの呼び出しです。行ってきます」

すると、天童が言った。

「俺もいっしょに行こう」

「管理官が……？」

「ヒグっちゃんを一人で矢面《やおもて》に立たせるわけにはいかんよ」

樋口は、「必ず味方はいる」という秋葉康一の言葉を思い出していた。

石田理事官は、先日会ったときよりさらに不機嫌そうに見えた。

天童の姿を見ると、彼は言った。

「なんだ。君を呼んだ覚えはないぞ」

「千住署の件で、樋口係長をお呼びになったのでしょう？　ならば、その責任は私にありますので、同席させていただきます」

「責任は君にあるというのは、どういうことだ？」

「樋口係長と藤本に別動を命じたのは、私です」

「じゃあ、君からも厳重に注意をしてくれ。樋口係長は、何が目的か知らないが、千住署に対して、嫌がらせを繰り返しているんだ」

かつての樋口だったら、上司のこういう言葉を黙って聞き流していたかもしれない。だが、今は違った。石田理事官に黙って従うつもりはない。

「千住署が出した結論に疑問があると申しているだけです」

樋口の言葉に、石田理事官がますます渋い表情になる。

「それが嫌がらせだと、向こうは思っているんだ。所轄がそう思うこと自体が問題だ」

「誰がそう言っているのでしょう」

「何だって？」

「千住署の誰が、理事官にそう言ったのかと、うかがっているのです」

「誰が、というのは問題ではないだろう」

「いえ、それが問題なのです」

石田理事官が声を荒らげる。

「君は何が言いたいんだ？」

「千住署の誰かが、理事官を動かして、間違った結論を押し通そうとしているとしたら、それが問題だと申し上げているのです」

「君は何を言っているのか、自分でわかっているのか？」

「はい。充分に承知しております」

「所轄の捜査に土足で踏み込み、自分の思い込みを無理やり押しつけようとしている。そんなことがまかり通ったら、警察の秩序が保てない」

「新庄さんですね」

樋口の言葉に、石田理事官は眼を背ける。

「何の話だ？」

「千住署の新庄さんと理事官は同期だそうですね」

「それがどうした」

「井田友彦の件を自殺だと断定したのは、新庄さんのようです。それに対して、千住署の誰も逆らえないというのは驚きです。おそらく、新庄さんには理事官のような人脈がいくつもあるのでしょう。それが彼の力なんですね」

「本当にクビになりたいようだな」

「新庄さんにも言いましたが、私の立場などどうでもいい。また、正しいと思うことが封殺されるような組織なら、未練はありません。警察の秩序とおっしゃいますが、何のための秩序ですか。組織が正しく運用されるための規則であり秩序でしょう。秩序のために警察組織があるわけではありません」

石田理事官は絶句して樋口を見据えていた。怒りのあまり言葉が出てこないようだ。

一瞬の沈黙を衝いて、天童が言った。

「ヒグっちゃんが秩序を乱していると、理事官はおっしゃいますが、それは間違いですね。先ほども言ったとおり、ヒグっちゃんは、私の命令に従っただけです。それでクビにするというのなら、私もクビですね」

「どうして、天童管理官をクビにしなければならないんだ?」

「責任は私にあると言ったでしょう」

「いや、これは監督責任の問題ではない。樋口係長が暴走したことが問題なんだ」

天童が言った。

「暴走などではありません。真摯《しんし》に事実を見つめた結果なんですよ」

「遠藤とかいう記者にたぶらかされたんじゃないのか」

天童が石田理事官を見据えた。

「言葉が過ぎますね。それ以上言うと、理事官といえども、許しませんよ」

石田理事官は、驚いた顔で天童を見返した。

「許さないというのは、どういうことだ？」

「そのとおりの意味ですよ。私もヒグっちゃんも警察官としての、いや、男としての矜恃《きょうじ》があります。それを踏みにじられたとあっては、あんたの下では働けない。かまわないから、さっさと私らのクビを切ってください」

石田理事官は再び眼を背けた。返す言葉がないようだ。

勢いを得た天童が、続けて言った。

「処分をするとなれば当然、所属長の田端《たばた》課長に話が行きますね。クビになる前に、田端課長にヒグっちゃんの話を聞いてもらいましょう」

石田理事官が再び渋い顔になって聞き返す。

「そうです。課長が何とおっしゃるか、私も聞いてみたい」

石田理事官は苦慮している様子だ。天童がさらに言う。

「係長が殺人だと言ってるんです。課長に上げないわけにはいかないでしょう。それとも、事件を握りつぶしますか？　それが後々課長にばれたらえらいことになりますよ」

石田理事官が、ふうっと息を吐いた。

「わかった。結果がわかりきっていることに、わざわざ課長の手をわずらわせるのは心苦しいが、とにかく訊いてみよう。ここで待っていろ」

席を立つと、足早に理事官室を出ていった。

「ふん。電話で済むものを……」

天童が言った。「ここから逃げだしたいらしい」

樋口は頭を下げた。

「申し訳ありません」

「何を謝っているんだ？」

「私がもっとうまく立ち回っていれば、天童さんが理事官に楯突く必要もなかったと思いまして……」

「なめるなよ、ヒグっちゃん。俺は、部下だけに啖呵切らせて、知らんぷりしてるような男じゃない」

樋口は無言で、再び頭を下げた。

今言ったことは本音だった。千住署に対しても、石田理事官に対しても、もっと大人の対応ができたのではないかと思った。

だが、どうすればよかったのかはわからない。自分の無力さを思い知った。

そこに、石田理事官が戻ってきた。彼は席には向かわず、戸口で言った。

「すぐに会うと、課長が言っている」

どうにでもなれと、一度は開き直った樋口だったが、さすがに捜査一課長の前に立つと緊張した。

田端守雄《もりお》課長は、ノンキャリアの警視正だ。刑事畑一筋の叩き上げで、捜査のことを熟知している。だから、部下からも上層部からも信頼されている。

樋口も田端課長を尊敬している。だからこそ、硬くなってしまうのだ。できれば、課長の手をわずらわせる前に問題を解決したかった。

石田理事官も同じようなことを言っていたが、意味合いが違うと樋口は思った。理事官は、いざこざを課長に知られたくなかっただけなのだろう。

田端課長は、並んで立っている三人を順に眺めてから言った。

「……それで？　樋口係長が千住署の見立てにイチャモンをつけてるってのは本当か？」

樋口はこたえた。

「自殺という結論に疑問があります。私は他殺だと思料いたします」

「ヒグっちゃんよ。そうしゃちほこ張るなって。何が疑問なのか、話してみなよ」

「遺体が発見された状況を聞き、その現場にも足を運んでみました。その結果、不自然なことがいくつかあることに気づきました」

「不自然なこと……？」

「入水自殺なのに、なぜあんな浅い場所を選んだのか、と……」

それから、樋口は疑問に思ったことを次々と述べていった。

遺体に重りが縛りつけられていたが、その意味がよくわからないこと。

重りは、縄跳びのロープで遺体に縛りつけられていたが、その結び目が不自然に思えること。

遺体の頭が岸のほうを向いていたこと……。

「……そして、ご両親は、被害者の遺体の首に縦方向の引っかき傷があったと証言しています」

「首に引っかき傷？　そいつは吉川線のことか？」

「その証言を無視することはできません」

「殺しだとしたら、動機は？」

「被害者が、女性を巡って不良グループとトラブルになっていたという証言がありました」

すると、石田理事官が言った。

「女性を巡るトラブル？　それが自殺の原因かもしれないじゃないか」

田端課長は、石田理事官を見て言った。

「待てよ、理事官。まずは、樋口係長の話を聞こうじゃないか」

石田理事官は、忌々しげに樋口を見た。

田端課長が樋口に言った。

「……で、言いたいことはそれだけか？」

「はい。以上です」

そうこたえるしかなかった。田端課長を説得するには充分でなかったかもしれない。

田端課長は即座に言った。

「考えるまでもない。こたえは明らかだ」

考えるまでもないというのは、樋口の言うことを考慮する必要がないということだろうか。

やはり理事官には勝てないのか。樋口は、無力感に苛まれた。

このままクビになってもいい。いや、警察がこんな組織なら、自分から辞めてしまおう。

田端課長の言葉が続いた。

「殺人を疑う充分な根拠があると思う。捜査をやり直そう」

並んで立っていた三人が、一様にきょとんと田端課長の顔を見ていた。

樋口はしばらく、課長が何を言ったのか理解できずにいた。

一番先に口を開いたのは、石田理事官だった。

「しかし、すでに終了した事案ですよ」

「今のヒグっちゃんの話を聞く限り、終了してなどいない」

それから、田端課長は天童を見て言った。「小松川の件が終わったばかりで悪いが、天さん、仕切ってくれるか？」

天童がこたえた。

「……ということは、捜査本部ですか？」

「部長に話を上げたら、そういうことになると思う」

「私はいつでも行けますよ」

それから田端課長は樋口に言った。

「樋口班も行ってくれ」

樋口は、自暴自棄になっていた自分を恥じた。そして、力がみなぎってくるのを感じていた。

樋口は田端課長にこたえた。

「了解しました」

そして、田端課長は石田理事官に言った。

「一度出した結論を覆されたら、千住署の連中は面白くないだろう。それを、うまく説得するのが、おまえさんの役目だ。いいね。それとな、部下をいじめるのはよくねえぞ」

石田理事官は打ちひしがれたような顔でこたえた。

「わかりました」

22

課長室を出ると、すっかり勢いをなくした石田理事官が言った。

「私は、千住署の刑事課長に電話をする」

おそらく、刑事課長だけではなく、新庄にも電話をするはずだと、樋口は思った。

天童が言った。

「田端課長には、私らを処分する気はなさそうですが、理事官はそれでよろしいのですか？」

石田理事官は、顔をしかめた。

「もう、勘弁してくれ」

「では、私は樋口班を引き連れて、午後一で千住署に向かいます。千住署の刑事課長にそのようにお伝えください」

「わかった」

石田理事官は、天童の眼も、樋口の眼も見ようとしなかった。後ろめたいのだろう。

そう言うと、足早に理事官室の中に消えていった。

樋口は天童に言った。

「今、十一時半ですが、すぐに千住署に向かわなくていいんですか？」

「はやる気持ちはわかるが、千住署の内部の態勢が整うまでしばらく時間がかかるだろう。混乱している最中に乗り込んで行くことはない」

「はい」

「それにな。とにかく昼飯だ。腹が減っては戦《いくさ》にならんぞ」

天童が言ったとおり、石田理事官の電話は千住署に混乱をもたらすはずだ。警察では上意下達が基本だと言っても、現場の意地というものがある。

今回樋口は、それを嫌というほど思い知った。

だが、捜査一課長の命令となれば、その混乱はほどなく落ち着くはずだ。趣味や遊びで捜査をしているわけではない。みんなプロの捜査員なのだ。

出発する直前に、天童が言った。

「田端課長から連絡があった。部長が捜査本部の設置を指示したということだ」

これで正式に、千住署に捜査本部ができる。すでに千住署には知らせが行っているはずだ。

天童と樋口班は捜査車両四台に分乗して、午後一時に警視庁本部を出た。

一時三十分頃、千住署に着くと、警務課の係員が一行を出迎え、会議室に案内してくれた。ここが捜査本部になるらしい。

すでに、そこには強行犯係の連中が詰めていた。天童管理官が入室すると、全員起立した。

樋口が、桐原係長を紹介すると、天童が言った。

「石田理事官から電話があったと思うが、この件は、殺人事件として捜査をやり直す」

樋口は、桐原係長がどんな反応をするか気になっていた。

桐原係長はまっすぐに天童を見てこたえた。

「了解いたしました。すみやかに所要の措置を取ります」

天童がうなずくと、桐原係長は部屋の正面に用意されている幹部席に案内した。そこには、刑事部長、千住署長、捜査一課長らのために用意された席もあったが、いずれも空席だ。田端課長の命令どおり、天童がこの場を仕切ることになる。天童の隣には、千住署刑事課長の姿があった。

樋口班十四名が捜査員席に着いた。千住署からは、強行犯係だけでなく、他の部署の係員も参加している。おそらく吸い上げられた地域課係員などだろうと、樋口は思った。

その中に見知った顔があった。鑑識の山崎係長だ。

隣にいる藤本が、樋口に小声で言った。

「高木さんと土井さんの姿がないですね」

樋口もそれに気づいていた。

そのとき、桐原係長が近づいてくるのが見えた。樋口は緊張した。彼は捜査一課が集団で乗り込んできたことに腹を立てているのではないだろうか。

桐原係長が言った。

「理事官を動かすとは、恐れ入ったな」

樋口は反撃するつもりで言った。

「その理事官を先に利用したのは、おたくの新庄さんです」

桐原係長は、慌てた様子で言った。

「勘違いするな。文句を言っているわけじゃない。よくやってくれたと思っているんだ」

樋口は、声を落とした。

「それはもしかして、新庄さんの影響力を排除したことを言ってるのですか？」

桐原係長も同様に声を落とした。

「この件は、何かおかしい。そう感じていた署員が何人かいる。実は俺もその一人だった」

彼は、新庄の影響力が抑えられてほっとしているのだ。

係長が部下を恐れて、思うように捜査ができない。そんなことがあるなんて、一般の人は信じられないかもしれない。だが警察では、その信じられないことが実際に起きることがある。

あってはならないことだが、樋口は桐原係長の立場も理解できるような気がした。警察署というのは、小さな社会だ。その中で生きていくためには、いろいろなことに気を遣わなければならない。

中間管理職は特にそうだと、樋口は思った。警察署と本部の違いはあるが、桐原と樋口は同じ係長なのだ。

「とにかく」

樋口は言った。「事実を突きとめましょう」

桐原係長がうなずいて言った。

「高木と土井が、例のスナックを見張っている」

「それで、二人の姿が見えないのですね。朝からずっと張り付いているんですか？」

「ああ。だから、早く態勢を組んで交代要員を送ってやらないと……」

「そうですね」

幹部席の天童が言った。

「遺体発見から、すでに十日以上が経過している。簡単な捜査ではないが、最大限の努力をしてくれ」

ほとんどの捜査員はその言葉に力強くうなずいた。

「発言、よろしいですか？」

そう言って立ち上がったのは、新庄だった。「すでに物的証拠も散逸しているでしょうし、目撃者も期待できません。どこをどうやって捜査するというのでしょう」

管理官相手に、一介の捜査員が言う台詞ではない。新庄はあくまでも強気なのだ。いや、これは負け惜しみなのかもしれない。

天童がそれにこたえる前に、別の人物が発言した。

「心配するなよ。証拠なら、しっかり保管してある」

鑑識の山崎係長だった。

新庄が山崎係長を見据える。だが、山崎係長は平然として言った。

「写真をちゃんと見直すだけでも、いろいろなことが明らかになるはずだ」

天童が山崎係長に言った。

「それは頼もしい言葉だな。では、手始めに、遺体の吉川線について精査してくれるか？」

山崎係長が立ち上がったので、新庄は黙って着席した。彼としては、そうするしかなかったのだ。

山崎係長が言った。

「すでにその作業は済んでいます。後ほど、画像をご覧にいれますが、遺体の頸部にはたしかに縦方向の引っかき傷がありました」

天童が質問する。

「だが、当初は傷は発見されなかったのだろう？」

「恥ずかしながら、見逃しておりました。……というか、注意を向けなかったのです。早々に自殺という結論が出ておりましたので……」

「その縦方向の傷が、吉川線だとしたら、紐などで首を絞められたということになるが……」

「精査した結果、その痕跡も見られました。紐やロープではなく、おそらくタオルのようなもので絞殺されたものと思われます。それだと、痕跡が残りにくいので、当初は気づかなかったのですが……」

「司法解剖をしなかったのが痛いな」

樋口は新庄を見た。眼が合った。

司法解剖を求める井田の両親を恫喝したのは、新庄に間違いない。新庄は、忌々しげに樋口を見返していたが、やがて、ぷいっとそっぽを向いた。

山崎係長が言った。

「再度申しますが、自殺という結論でしたので……」

天童がうなずいた。

「よし、鑑識からの話は後で詳しく聞こう。桐原係長、まずどこから手を着ければいい？」

桐原係長は驚いたように立ち上がった。指名されるとは思っていなかったようだ。

さすが天童だと、樋口は思った。所轄の顔を立てることも、ちゃんと考えているのだ。

桐原係長が言った。

「事情を知っていると思われる者たちを、監視している捜査員がおります。まず、そこを増員する必要があります」

「わかった。すぐにやってくれ」

樋口は桐原係長に言った。

「取りあえず、うちの班から何名か行かせます」

「了解だ」

樋口は、藤本に言った。

「四人で現場に行ってくれ」

藤本がうなずく。

「わかりました」

捜査員たちが、駆け足で捜査本部を出ていく。ようやく本格的に捜査が始まったと、樋口は実感していた。


それからの流れは、樋口には馴染みのものだった。まず、地取り、鑑取り、手口等の班分けをする。捜査員たちは、それぞれの持ち場に散っていった。

新庄も出かけた。彼はちゃんと捜査をするのだろうか。樋口はそんなことを考えていた。

もし、どこかでサボっていたとしても大きな問題ではない。捜査の邪魔さえしなければいいのだ。

いや、邪魔をしようとしてもすでに影響力はない。千住署内部なら力があるだろうが、捜査一課の捜査員が十四名も来ている。もはや彼は、何もできないのだ。

捜査本部には、係長以上の管理職と連絡係や庶務の係員が残っていた。

山崎係長が幹部席に行って、天童と千住署の刑事課長に、発見された遺体の状況について、詳しく説明していた。

樋口と桐原係長は、幹部席の前に立ち、その話を聞いていた。樋口が桐原係長や山崎係長に提示した疑問点を網羅する説明だった。

話を聞き終えた天童が質問した。

「どこか深いところで入水して、河岸に流れ着いたという説を、否定するんだな？」

山崎係長がこたえる。

「大雨で増水でもしていれば話は別ですが、通常の川の状態だと、遺体を押し流すほどの流れはありません。被害者は、発見された場所で亡くなったと考えられます」

「根拠は？」

「ダンベルが重りとして縛りつけられていました。あれは、入水するために自分でつけたものではなく、誰かにつけられたものです。つまり、自殺ではなく誰かに殺害されたと考えるべきでしょう。そうなると、吉川線や、頭を岸に向けていたことも説明がつきます。つまり、岸のほうに背を向ける状態で、後ろから首を絞められたのです。そして、そのまま水に沈められたわけです」

「ダンベルを他人が縛りつけたというのは確かなのか？」

「それに気づいたのは、樋口係長ですよ。縄跳びのロープが使用されていたんですが、その縛り方が不自然だったんです」

天童が視線を向けてきたので、樋口は結び目の方向について詳しく説明をした。

「なるほど……」

天童は、山崎係長への質問を再開した。「何者かが重りを縛りつけたのだとしたら、それはなぜだろう」

「さあ……。重りとしては、たいした役に立っていなかったんですが……。自殺に見せかけるつもりだったのかもしれませんね」

「ダンベルに縄跳び用のロープか……。いずれもスポーツ用品だな……」

樋口は言った。

「それについて、藤本と話し合ったことがあります。それらはどこから持ってきたのか、と。いずれも、学校にあったものではないかと思います」

「学校か……」

「自殺に見せかけるにしても、遺体が浮かないようにするにしても、いかにも場当たり的で稚拙な感じがします。もしかしたら、いたずら半分で重りをつけたのかもしれません」

天童が樋口に言った。

「被害者は、女性を巡って誰かとトラブルになっていたと言ったな。トラブルの相手も同じ高校生なのか？」

「はい。学校は違いますが……」

「その人物は今、どうしている？」

「昨日から、北千住駅近くのスナックにいます。千住署の高木と土井という捜査員、それに藤本らうちの四人が張っています」

「よし。証拠固めだ。目撃証言、現場の遺物、動機に関する証言。徹底的にかき集めてくれ」

山崎係長が言った。

「自分ら鑑識も、もう一度現場を調べに行きます」

天童がうなずいた。

「そうしてくれ」

三人の係長たちは幹部席を離れた。山崎係長が部屋を出ていくと、桐原係長が樋口に言った。

「これまでの失礼を詫びる」

「あなたが詫びる必要はありません。自殺だという結論には、あなたも不本意だったのでしょう」

「係長として恥ずかしい」

「私だって、部下の顔色をうかがうことはあります」

「樋口さんには参ったよ」

「は……？」

「こちらが何を言っても諦めようとしない。そして、あからさまな攻撃をしてくるわけでもなく、下手に出ているのに、独特のプレッシャーがあった。いやあホント、これは勝てないと思った」

樋口は戸惑った。

「プレッシャーをかけるどころか、正直に言って、私はどうしていいかわからなかったんです」

実際、揉め事はごめんだと考えていただけだ。ただの事なかれ主義だと、自分では思っていた。

「そういうところだよ」

「そういうところ……？」

「何というか……、謙虚なんだが、決して引かない。いくら攻めても無駄だという気がしてくる」

「たぶん、それは誤解でしょう」

「誤解しているのは、自分自身なんじゃないか。樋口さんを恐ろしいと思っていたのは、俺だけじゃない。たぶん、新庄も同じように感じていたと思う」

「新庄さんが？　それは意外なお言葉ですね」

桐原係長は肩をすくめた。

「俺にとっては、意外でも何でもない」

何を言っていいのかわからないので、樋口は黙っていた。すると、ありがたいことに、桐原係長が話題を変えた。

「捜査をやり直すことを、井田友彦のご両親に知らせてやってくれないか」

「それは、千住署から伝えるべきでしょう」

桐原係長はしばらく、何事か考えていたが、やがて言った。

「新庄がやったことを、知っているんだな？」

「恫喝した刑事がいると、ご両親から聞きました。謝罪すべきでしょう」

桐原係長がうなずいた。

「それも、俺の責任だ。俺がご両親と話をしよう」

「はい」

そのとき、警電が鳴り、受話器を取った係員が天童管理官に告げた。

「張り込み中の捜査員から入電。対象者が動くそうです」

天童管理官が聞き返す。

「対象者というのは、被害者とトラブルを起こした高校生たちのことか？」

「そうです。スナックを出たそうです」

「ヒグっちゃん。どうする？」

樋口は即座にこたえた。

「触らずに、尾行をして様子を見ましょう」

天童はうなずいて、受話器を持つ係員に言った。

「そのように伝えるんだ」

「了解しました」

原田たちはどう動くだろう。

天童の指示を電話で伝える係員を見ながら、樋口はそれを考えていた。

23

約二十分後、藤本から捜査本部の警電に連絡が入った。本木新は帰宅したという。

土井からも、川内も帰宅したという連絡があった。さらに、樋口班の係員から原田も同様だという知らせがあった。

天童管理官が言った。

「このタイミングで、三人が自宅に戻るというのは、なんだか解せないな」

樋口は、藤本に電話をして尋ねた。

「本木の自宅にバイクか何かはあるか?」

「バイクがあります」

樋口は天童に言った。

「逃走するつもりかもしれません。身柄を確保したほうがいいです」

「そうしよう。監視は何人だった?」

「六人です。二人ずつに分かれて尾行しているはずです。応援を急行させる必要があります」

それを聞いていた桐原係長が、すぐに係員に指示した。

「無線で連絡だ。捜査員を、原田、本木、川内の自宅に急行させろ。三人の身柄確保だ。逃がすな」

その指示が無線で流れる。

さらに、樋口は言った。

「水島夏希にも連絡が行っているはずです。彼女の身柄も押さえる必要があります」

桐原係長が尋ねる。

「水島はどこにいるんだ？」

「学校だと思います」

桐原係長は、水島夏希が通う高校にも捜査員を送るように指示した。

天童が樋口に言った。

「身柄が到着したら、すぐに取り調べだ」

「はい」

そうこたえながら樋口は、原田勇人の不敵な面構えを思い出していた。立ち回りになったら、けっこう面倒なことになると、氏家も言っていた。

少々不安だった。だが今は、樋口と藤本だけではない。頼もしい捜査員たちがついているのだ。樋口は、彼らを信じることにした。


最初に署に連れて来られたのは、水島夏希だった。彼女はふてくされたような態度を取っているが、明らかに緊張し、怯えていた。

次に身柄が到着したのは、川内だった。彼はむっつりとした顔で下を向いている。その次が本木。反抗的な態度だ。

二人ともバイクに乗ろうとしているところに職質をかけて引っ張ってきたという。

最後に連行されてきたのが原田だった。彼は緊張もしていなければ、怯えてもいない様子だ。ただ、面倒臭そうに顔をしかめている。

彼の腕を持った若い捜査員が言った。

「こいつ、抵抗したんで、公妨の現逮ですよ」

公務執行妨害罪の現行犯逮捕という意味だ。正式に逮捕したわけではない。逮捕してやりたいという捜査員の願望だ。

ただちに、四人別々に取り調べが始まった。

桐原係長が樋口に言った。

「やつら、しゃべるかな……」

「しゃべるはずです。強がっていますが、相当にプレッシャーがかかっているはずです。溜まり場にいればいいものを、バイクで逃走しようとしたのがその証拠です。ただし……」

「ただし？」

「もう一押しが必要でしょう。言い逃れできないような物証とか……」

桐原係長がうなずいた。

「今、捜査員たちが必死でそれを捜してるよ」


水島夏希が口を開いたという知らせが、捜査本部に届いた。彼女は、「自分は、何も知らない」と主張したそうだ。「現場にいたはずだ」と捜査員が追及すると、「自分とは関係ない。原田が勝手にやったことだ」と供述したという。

その水島の供述をぶつけても、三人の少年は口を開こうとしない。

取り調べを始めて、一時間が過ぎた頃、天童が言った。

「四人は任意同行だし、少年ということもあって、そう長くは拘束できないぞ」

「そうですね。しかし、ここで帰したら元も子もありません」

「違法な捜査ということになれば、全員無罪ということにもなりかねない」

「ぎりぎりまで粘りましょう」

樋口は、最後の「一押し」となる何かを待ち望んでいるのだ。


それから約一時間後、天童が言った。

「五時半になるな。そろそろ日が暮れる。彼らを帰すことも考えないとな……」

樋口はどうこたえていいかわからなかった。

そのとき、戻ってきた千住署の捜査員が大声で告げた。

「防犯ビデオの映像を入手しました」

天童が尋ねた。

「どんな映像だ」

「川内と本木と見られる人物が、ダンベルとロープのようなものを持っている映像です。いやあ、上書きでデータが消える直前でした」

樋口は桐原係長に言った。

「これが、最後の一押しになると思います」

「樋口さん、行ってくれ」

桐原係長にそう言われ、樋口はビデオの情報を持ち帰った捜査員と共に、川内のいる取調室に向かった。

取り調べ担当者に事情を説明して、樋口は川内に防犯ビデオの映像について話した。すると川内が言った。

「嘘つくなよ」

「嘘じゃない」

「そんなはずはねえよ」

すると、ビデオ情報を持ち帰った捜査員が言った。

「そんなはずない、か。おまえがそう言う理由はわかるよ。防犯ビデオを壊したんだろう？」

川内は何も言わない。

千住署の捜査員が続けて言った。

「学校の防犯ビデオは壊れていた。おまえらがやったんだな。けどな、おまえらが映っていたのは別の防犯ビデオだ。近くの公園の出入り口にあったんだよ。それに映っていたんだ」

川内はとたんにおろおろしはじめた。必死に虚勢を張っていたが、ついに力尽きたのだ。

この機会を逃すまいと、取り調べ担当者が攻める。

「井田友彦君を殺害したんだな？」

するとと、川内は涙を浮かべ、鼻水を流しながら言った。

「やったのは原田君だよ。まさか、殺すとは思ってなかったんだ……。俺、どうしていいかわからなくて……」

樋口は次に本木がいる取調室に行き、防犯ビデオの件と川内の供述をぶつけた。すると、本木の強がりもあっさりと崩れ去った。

反抗的な態度は微塵《みじん》もなくなり、彼は泣きべそをかきはじめた。そして、川内と同じように、「まさか、原田が殺すとは思わなかった」と供述した。

それらの報告を受けると、天童が言った。

「逮捕状を取るには充分だろう。鑑識報告や本木たちの供述等の疎明資料をつけて請求しよう」

樋口は、天童に言った。

「原田がまだ落ちません」

「さすがに手強いな」

「氏家の助けを借りたいんですが……」

天童はしばらく考えてからうなずいた。

「いいだろう。連絡してくれ」

「はい」

樋口は氏家に電話をかけて、四人の少年の取り調べの件を話した。

「原田が落ちないんだな？　わかった。すぐに行く」

「選挙係のほうはだいじょうぶか」

「あと一週間ほどで辞令が出るんだ。少年事件課の引き継ぎだと思えばいい」

「じゃあ、よろしく頼む」


氏家がやってきたのは、電話をしてから約五十分後の午後七時頃のことだった。桐原係長ら千住署の捜査員たちへの紹介が終わると、氏家が樋口に言った。

「水島、本木、川内の三人は自供したんだな」

「自供というか、原田にすべての罪を負わせようとしている」

「それでも原田は落ちない、と……」

「今逮捕状を請求している」

「それを待とうじゃないか」

「任せる」

午後七時三十分、四人の逮捕状が届いた。罪状は殺人だ。

樋口は逮捕状を手に、氏家と共に原田がいる取調室へと向かった。取り調べ担当者が樋口たちを見て場所を空けた。

樋口が原田の正面に座り、その脇に氏家が立った。取り調べを担当していた捜査員は樋口の後ろに立っている。記録係はそのまま席に着いていた。

樋口は逮捕状を原田に見せて言った。

「原田勇人。午後七時三十四分、殺人の容疑で逮捕する」

原田は、ちらりと逮捕状を見たが、興味ないという素振りで、横を向いた。

氏家が言った。

「言っただろう。この刑事はおっかないって。君は、逮捕されるなんて思っていなかったんじゃないのか?」

原田はそっぽを向いたままだ。

氏家がさらに言った。

「何もしゃべらなくても、君は家庭裁判所に送られる。だから、このままでも、俺たちはいっこうに構わない。だが、もし言いたいことがあるなら、今ここで話したほうがいい」

それからしばらく沈黙があった。樋口は原田の出方を待った。

　やがて、原田は身じろぎをしてから言った。

「俺がやったと、本木や川内は言ってるんだな？　だが、それは間違いだ。やったのはあの二人だ。俺じゃねえ」

　樋口は尋ねた。

「二人というのは、本木と川内のことか？」

　原田がうなずく。

「ちゃんと言葉にしてこたえてくれ」

「そうだよ」

「やったというのは、何のことだ？　何をやったというんだ？」

「井田を殺したんだよ」

　記録係がパソコンのキーを打つ音が、ことさらに大きく聞こえた。樋口はさらに質問した。

「二人は、どういうふうに井田さんを殺したんだ？」

　原田は、つまらなそうな顔で小さく肩をすくめた。

「川内が井田の体を押さえて、本木がタオルで首を絞めた」

「最初から殺すつもりだったのか？」

「さあな」

「ここは重要なことなので、こたえてくれ。学校からダンベルと縄跳び用のロープを持ち出したな？　それは殺害を計画していたからか？」

「どうかな……。重りをつけて川の中に放り込んだらおもしれえと思ったんだけど、ダンベルはほとんど役に立たなかった。だから、二人に押さえつけるように言った」

「本木が首を絞めたのはなぜだ？」

「井田が暴れたからだよ」

「井田さんが死ぬとは思わなかったのか？」

「死んでもいいと思った」

「なぜ、井田さんをそんな目にあわせようと思ったんだ？」

「人のものに手を出そうとしたからだ」

「人のものというのは、水島夏希のことか？」

「俺のものに手を出すやつは許さねえ。それが、紙くずや煙草の吸い殻なんかでもだ。それを思い知らせなけりゃならねえ」

「川内が井田さんの体を水の中で押さえつけ、本木が首を絞めた。だが、それは君に命じられたからだな？」

「殺せと言ったわけじゃないがな」

「だが、死んでもいいと思っていた」

　原田は、笑みを見せた。

「まあ、そうだとしても、俺たちは少年法で守られている。そうだろ？」

　すると、氏家が言った。

「君は二つ勘違いをしている。一つは、水島夏希のことを、俺のものと言ったことだ。女性はものじゃない。もう一つは、少年法の話だ。さっきも言ったとおり、罪を犯した少年は家庭裁判所に送られる。普通はそこで処分が決められるが、君のように重罪を犯した場合は、逆送といって、裁判所から検察に送られる。そして、成人と同じ刑事裁判を受けることになるんだ」

　原田は、笑みを浮かべたまま再びそっぽを向いた。余裕を見せようとしているようだが、困惑しているのは明らかだ。

　氏家が言った。

「この逮捕は生き方を考え直すチャンスだ。こうしたチャンスは滅多にない。よく考えることだ」

　氏家が樋口を見た。樋口はうなずいて立ち上がった。取り調べ担当者と記録係にその場を任せて、二人は廊下に出た。

氏家が言った。

「逆送は間違いないな」

樋口はこたえた。

「原田の態度を見ていると、絶望的な気分になる。いっぱしの悪党気取りだ」

「更生せずに、そのまま犯罪組織に入ったりする少年がいることはたしかだ。だがな、俺は絶望などしない。いつ誰に更生のきっかけがやってくるかわからないんだ。まあ、少年のことは俺に任せておけばいい」

「そうするよ」

捜査本部に戻ると、捜査員たちの歓声が上がった。「わあ」という華やかな歓声ではなく「おお」といったドスのきいた歓声だ。

取り調べ担当者から、原田が落ちたという知らせが入っていたのだ。

天童が言った。

「ヒグっちゃん、ご苦労だった」

樋口は言った。

「氏家がいて心強かったです」

「そうだろうな。氏家もご苦労だった」

樋口はさらに言った。

「本木や川内を落とせたのは、千住署の係員が防犯ビデオの映像を持ち帰ってくれたからです。本木と川内が落ちたから、原田も諦めたのでしょう」

すると、桐原係長が言った。

「そう言ってもらうと、俺たちの立つ瀬もあるな」

樋口はこたえた。

「本当のことです」

「警察の面子だ何だと言ったが、千住署は大恥をかくところだった。いや、恥じゃ済まんな。重大な不祥事になるところだった。返す返すも、失礼な態度を取って済まないと思っている」

「それは問題ではありません。問題は、同じことが繰り返される恐れがあるということです」

桐原係長はとたんに、表情を曇らせて言った。

「それは、うちの署内の問題のことだな？　わかっている。俺が責任を持って改めるようにする」

その千住署問題の張本人が外から戻ってきた。

「主犯が落ちたって？」

新庄が言った。「めでたしめでたしだね」

千住署の署員たちは何も言わない。

新庄が近づいてきて、樋口に言った。

「いやあ、今回は参った。言葉もないよ」

「私にでなく、他に言葉をかけるべき人がいるはずです」

「何のことだね？」

「井田友彦さんのご両親に、事情を説明して謝罪すべきです」

新庄が言葉を失って、樋口を見つめていた。周囲にいた捜査員も無言になる。

やがて、新庄がうなずいて言った。

「あんたの言うとおりだ」

すると、桐原係長が言った。

「俺にも責任がある。これからすぐに、二人で行ってご両親と話をしてこよう」

樋口は礼をして言った。

「お願いします」

天童が言った。

「さて、四人の送致の準備だ。書類を片づけてしまおう」

捜査員たちが一斉に動き出した。

「じゃあ……」

氏家が樋口に言った。「俺は本部の選挙係に戻るよ」

「ああ。助かった。礼を言う」

彼は片手を振ると、軽やかな足取りで去っていった。

24

書類がそろったのは、午後十一時頃のことだった。

すでに、桐原係長と新庄も井田宅から戻ってきている。詳しい報告はないが、新庄の神妙な顔を見れば様子は想像できる。

二人が戻ってきたとき、桐原係長がほっとした顔で樋口にうなずきかけたので、状況を尋ねるまでもないと思った。

「さて」

天童が樋口に言った。「家裁送致や検察とのやり取りは、千住署に任せればいいね」

「はい。それでいいと思います」

それを聞いた桐原係長が驚いた顔で言った。

「捜査一課で記者発表するんじゃないのか？」

樋口はかぶりを振った。

「あくまでも、千住署の事案ですから」

桐原係長が無言でうなずいた。

天童が言った。

「では、我々は引きあげることにしようか」

樋口班は、捜査本部をあとにした。

千住署の玄関を出て、駐車場に向かおうとした樋口は、記者の遠藤と下柳が立っているのに気づいた。眼が合うと、彼らは近づいてきた。

樋口は言った。

「驚いたな。まだ井田友彦の件は、どこにも発表していないはずだ」

下柳が言った。

「樋口班と天童管理官が千住署にやってくりゃ、事情はわかるよ。まあ、もっとも樋口班が何をやっているか気づいたのは、俺と遠藤だけだろうけどな」

遠藤が言う。

「他社の記者たちは、副署長に何事かと詰め寄っていましたけど、副署長は何も言いませんでした」

樋口はうなずいた。

「そうだろうな。おそらく副署長も、何がどうなっているか、まだわからなかったはずだ」

下柳が尋ねる。

「自殺じゃなく殺人か」

「発表を待てと言いたいところだが」

樋口は二人を交互に見て言った。「もともとは、そちらからの持ち込みだからな。そう。捜査をやり直して、殺人で被疑者を逮捕した」

遠藤が尋ねる。

「被疑者というのは、原田勇人ら四人の少年ですね？」

樋口は苦笑した。

「勘弁してくれ。それについては、発表を待ってもらわないと困る」

「いいだろう」

下柳が笑みを浮かべる。「自殺という結論がひっくり返ったというだけで、大スクープだ」

「それで……」

樋口は尋ねた。「関東日報か東洋新聞か、どっちのスクープになるんだ?」

下柳は肩をすくめた。

「あんたに話を持っていったのは遠藤だ。だから、手柄は遠藤のものだよ」

「驚いたな。新聞記者にとって、スクープは命よりも大切なんじゃないのか?」

「そりゃ大事だよ。だが、俺くらいの記者になると、スクープなんて必要なくなるんだよ。格の問題だな」

遠藤が言った。

「そう。私はもっともっと手柄を立てないと、下柳さんには、追いつけません」

「千住署の事案を、樋口さんに持っていこうと考えたのは遠藤だ。樋口さんに話をしたのも遠藤だ。そして彼女は、この件に関してしっかり掘り下げていた。だから、彼女の手柄でいいんだよ」

「ありがたく、手柄を頂戴することにします」

「それにな」

下柳が言った。「記者にとって本当に大切なのはスクープなんかじゃない」

樋口は尋ねた。

「何だ?」

「真実だ。樋口さんのおかげで、真実を追究することができた。そして、俺はそれを知ることができた。それが何より重要だ」

樋口はその言葉にどうこたえていいかわからなかった。

そのとき、車のほうから天童の声が聞こえた。

「おい、ヒグっちゃん。出発するぞ」

「はい。すぐに行きます」

樋口は、下柳と遠藤に向き直ると言った。「今日はこれで……。いずれ、また……」

下柳は「ああ」と言い、遠藤は礼をした。

樋口が、天童と並んで後部座席に乗り込むと、車はすぐに出発した。

天童が言った。

「どうした？」

「は……？」

「急に機嫌のよさそうな顔になった」

「そうですか？」

「記者と立ち話していたな。彼らから何かを聞いたんだな」

樋口は笑みを浮かべ、ただ「はい」とだけこたえた。

井田友彦の件を、遠藤の東洋新聞が抜くと、マスコミは騒然となった。かなり遅れて各社横並びで報道合戦が始まった。

その中で、下柳の関東日報は他社の知らない事実をいくつか取り上げていて、樋口はさすがだと思った。

報道合戦の矢面に立たされたのは、捜査一課のマスコミ対応を担当している石田理事官だった。

詳しい話を聞くために、天童は石田理事官に呼ばれたようだが、樋口が呼ばれることはなかった。

理事官と係長である樋口が、庁内で顔を合わせる機会はそれほど多くはない。それがありがたいと、樋口は思った。

理不尽な扱いをされたのはたしかだが、上司である理事官に対して樋口が失礼な態度を取ったことも事実だ。後悔はしていないが、警察組織の中では許されない言動だったかもしれない。

自分は間違ったことはしていないと思ってはいるが、興奮してしまったことは恥ずかしいと感じていた。だから、石田理事官とはなるべく顔を合わせたくなかったのだ。

それは向こうも同じだろうと、樋口は思っていた。

田端課長が認めたのは、石田理事官の言い分ではなく、樋口の主張だった。そのことで、石田理事官は打ちのめされたはずだ。決して頭の悪い人ではないので、自分が間違っていたことを悟ったに違いない。

そして、彼はそのことで恥ずかしい思いをしているはずだ。彼も樋口に合わせる顔がないと感じているのだろう。

だが、このままわだかまりが残るかと言えば、そんなことはないだろうと、樋口は思った。次から次へと仕事が舞い込むし、仕事の過程で石田理事官とのやり取りもあるかもしれない。人事異動もある。幹部の異動は早い。二年ほどでいなくなるものだ。

そして時間が経てば、お互いに揉めたことを忘れるか、思い出話にしてしまうだろう。それが組織のいいところだと、樋口は思った。


井田友彦の件の報道合戦も、数日もすればすっかり収まる。マスコミと世間は次の事件を追いはじめるのだ。

そして、四月になり新年度となった。

氏家が正式に少年事件課・少年事件第九係の係長になった。

氏家がそれを告げに、捜査一課の樋口班にやってくると、天童が近づいてきて言った。

「先日のお礼も兼ねて、お祝いをやるか」

樋口は言った。

「少年事件課に異動になって祝いなどと言うと、選挙係に失礼じゃないですか？」

すると、氏家が言った。

「いや、俺の望みが叶ったんだから、天童さんの言うとおり、こいつはめでたい話だ」

三人とも、その日の夜は空いていたので、行きつけの店で一杯やることにした。千代田区平河町にある居酒屋だ。

集合は午後六時で、樋口と天童はいっしょに庁舎を出て店にやってきたが、氏家が少し遅れた。

「いやあ、申し訳ない」

駆けつけた氏家が言った。「引き継ぎやら何やらで手間取ってね……」

天童が言った。

「まずは乾杯だ」

警察官の飲み会はあわただしい。ビールで下地を作って、ゆっくりと飲むなどということはあまりない。いきなり日本酒で始めて、手っ取り早く酔うという飲み方だ。

今どきの若い警察官たちはどうか知らないが、少なくとも天童や樋口たちの世代はそうだ。

氏家が言った。

「原田たちは、やはり逆送されたようだな」

樋口はうなずいた。

「殺人だからな」

天童が言った。

「弁護側は、傷害致死を主張するようだ」

このあたりまでは、報道された事実なので、酒場で話をしても問題はないだろう。だが、これ以上のことは危険だ。

樋口は言った。

「ともあれ、あとは検察に任せるしかありません」

天童がうなずく。

「そうだな。俺たちは次に起きる事件のことを考えなければならないんだ」

樋口は氏家に言った。

「原田を相手にして、俺は実は困り果てていた。どうやって攻めていいかわからなかったんだ。おまえは、好き好んであいう連中を相手にするわけだな。まったく、信じられない」

「おまえは、成人の犯罪者なら平気で対処するだろう」

「もちろんだ。だが、少年は違う。原田が言ったとおり、少年法があるし、少年事件はすべて家庭裁判所に送らなければならない」

「悪いことをするやつに対して、やることは少年だろうが、成人だろうが同じだよ」

「そうかな……」

「俺は選挙係で、いい年をした政治家なんかとずいぶん関わった。そしてわかったんだ。やつらもガキどももそんなに違わない。政治家のじじいは、自我をむき出しで権力を握りたがる。ガキ大将と同じだ」

「そうかもしれないな」

「おまえが非行少年を前にして戸惑うのは、子供は大人の言うことを聞くものだという先入観があるからだ」

「そうかな……」

「だから、大人に逆らう少年に出会うと戸惑うんだ。そんな先入観を捨てて、生身で相手をするんだ。悪いことをしたやつらを許す必要はない。少年法も家裁も関係ない。子供が大人の言うことを聞くなんてのは幻想だ。だから、本気でぶつかるんだよ」

「そのとおりかもしれない。おまえが少年事件課を希望していた理由が、少しだけわかった気がする」

「これからは、俺も忙しいから、そうそうおまえの相手をしていられなくなるぞ」

すると、天童が言った。

「いや、少年絡みの事件が起きたら、容赦なく呼び出してやるよ」

氏家が苦笑した。

「それは、上に話を通してもらわないと……」

天童が笑顔でうなずく。

「もちろん、そのつもりだ」

氏家は、天童と樋口を交互に見て言った。

「どうぞ、お手柔らかに……」


その翌日、面会だというので、樋口は一階の待合室に下りていった。

そこで樋口を待っていたのは、井田友彦の両親、善之と真知子だった。

何を言っていいかわからず、樋口は二人に無言で礼をした。

善之が言った。

「この度は本当にお世話になりまして……」

樋口はこたえた。

「とても不幸な出来事でした。改めてお悔やみ申し上げます」

「一言、お礼を申し上げたくて、千住署の係長さんに樋口さんの居場所をうかがいました」

「桐原係長ですね。礼など必要ありません。千住署のみんなが頑張って解決してくれたんです」

善之はかぶりを振った。

「樋口さんがいらっしゃらなかったら、友彦は自殺ということですべてが終わっていたはずです。それを想像すると、本当に恐ろしくなります」

「新庄からは、ちゃんと謝罪がありましたか？」

「はい。ありました」

「ああいう警察官ばかりではありません」

「実は、警察そのものを怨んでいました。憎んでいたと言ってもいいです。しかし、樋口さんのような方がいらっしゃることがわかったのです」

「警察のイメージ向上に一役買えたようで、よかった」

するると、真知子が言った。

「あれは、遺書なんかじゃないと信じておりました」

「『生きていくのは、なかなか難しい』という、ネットの書き込みですね」

「死のうと思って書いたとしたら、悲しすぎます。そうではなかったということがわかり、救われた気持ちなんです」

「わかります」

真知子は、菓子折を差し出して言った。

「これ、皆さんで召し上がってください」

「公務員は、こういうものを受け取ってはいけないのですが……」

樋口は手を伸ばした。「ありがたく頂戴して、係の仲間でいただくことにします」

その後、両親は何度も振り返っては樋口に礼をして、警視庁から去っていった。樋口はその後ろ姿を見送りながら、もらった菓子の箱を強く握っていた。

25

その夕刻、帰宅した樋口に妻の恵子が言った。

「あら、今日も早いのね」

「ああ」

「ニュースを見ると、けっこう事件が起きているのに」

「他の係が担当している。そのうちまた、忙しくなる」

「そうでしょうね」

樋口は、部屋着に着替えてリビングルームのソファに座る。

「照美は？」

台所から恵子の声が返ってくる。

「仕事よ」

「帰りが遅いのは、前の仕事のときと変わらないな」

「土日の出勤もあるし。でもね……」

恵子がリビングルームに顔を出して言う。「顔つきが違うの」

「ほう……」

「活き活きとしてるのよ。転職してよかったと思う。仕事を選ぶのって大切なのね」

「俺は転職をしたことがないので、何とも言えない」

石田理事官が本気で俺を辞めさせたら、否が応でも転職ということになったのだな……。

樋口はふと、そんなことを考えていた。

照美が帰ってきたのは、午後九時頃のことだった。すでに、樋口と恵子は夕食を終えていた。

リビングルームにやってきた照美は、恵子が言うとおりに溌剌《はつらつ》としている。

樋口は言った。

「秋葉さんに会いにいきたいんだが……」

「あら、いつがいい？」

「今度の土曜日はどうだ？」

「ちょっと待って……」

照美はスマートフォンを取り出した。アプリで秋葉議員のスケジュールを確認しているようだ。「土曜日の午後なら、事務所にいるわ」

「じゃあ、三時頃どうだろう」

「わかった。連絡しておく」

「その日、おまえは出勤なのか？」

「出勤してると思う」

「ほとんど休みがないんじゃないのか？」

「事件が起きれば、お父さんだってそうでしょう？　秘書は私なんかよりたいへん。そして、議員はもっとたいへんなの」

「そうか」

照美が面会の約束を入れてくれて、樋口は土曜日の午後三時に秋葉康一の事務所を訪ねた。

「待ってたよ」

秋葉は樋口を笑顔で迎えた。「応接室へどうぞ」

「いえ、今日はすぐにおいとましますので、ここでけっこうです」

大きなテーブルを指さすと、秋葉がうなずいた。

「ここなら、娘さんの姿も見えるね」

秋葉は元の席に腰を下ろし、樋口は近くの椅子に座った。

「照美はお役に立ててますか？」

「ご覧のとおりだ」

照美は、テーブルの向こう端で、パソコンに向かって何かの作業に没頭している。

「ここに来てから活き活きとしていると、妻も申しておりました」

「私は、この事務所で働く人に必ず、何がやりたいかを尋ねる。やりたいことがあれば、きっと私の役に立ってくれる」

「何ができるか、ではなく、何がやりたいか、なんですね？」

「そう。お嬢さんにやりたいことがあれば、私が総理大臣になったときに官邸で働いてもらうよ」

　樋口は驚いた。

「官邸で……」

「私が総理大臣になんてなれるはずがないと思ってるね？」

「いえ、そんなことは……」

「もちろん、ハードルは高い。まず私が党首になって、我が党が議席を確保し、政権を取らなければならない。そんなことは不可能だと言う人が多い。でもね、樋口さん、物事は不可能だと思った瞬間に、不可能になるんだ」

「秋葉さんが本気でそうお考えだとしたら、とても頼もしいと思います」

「本気だよ」

　樋口はうなずいてから、言った。

「今日はお礼を言いに来ました」

「礼……？」

「前回お邪魔したときに、秋葉さんは私にこう言ってくださいました。どんなときも、必ず味方はいるものだ、と」

「ああ」

「その一言に助けられたんです。それでお礼を言いたいと思いました」

「それはね、私が助けたんじゃない」

「は……？」

「ご自分でご自分を助けたんだ。あなたはそれができる人だと信じていた」

その言葉がどうにも面映ゆかった。

「それでも、お礼を申し上げます」

「かつて、私があなたの言葉に助けられたことがあった。お互いさまだ」

「そんなことがありましたか……」

「樋口さんのまっすぐな言葉は、私を勇気づけてくれる。これからもよろしくお願いしますよ」

樋口がいとまを告げて立ち上がると、照美と眼が合った。樋口がうなずきかけると、娘は同じようにうなずき返した。

樋口は、満ち足りた気分で秋葉康一の事務所をあとにした。

解　説

関口苑生

以前、今野敏にインタビューをした際、色紙を頼まれたときに書く言葉って何かありますか、と何気なく質問したことがある。すると彼は——忘れもしない、即座に、

「正義」

と答えてにっこりしたものだった。それを聞いて、いかにも今野敏らしいと思った。期待した通りの真っ直ぐな返答だったのだ。実際に彼は、第九十六代警視総監となった斉藤実氏と対談した際にも、この言葉を書いている。時の警視総監にである。ちょっとやそっとの生半可な気持ちではできないことだろう。しかし、彼にとっては正真正銘、常日頃から感じている当たり前の気持ちだったのだ。

正義――これはもう今さら言うまでもないだろうが、彼の警察小説に登場する警察官たちが常に心の中に抱いている思いそのものである。こういう人物が警察官であるのが普通の世の中なのだとの願いを託して書いているのだった。

しかしながらこれがなかなか難しい。

たとえば、自分の意見や考えが正しいと思っている者同士がぶつかり、対立するというのはよくあることだ。ところが、日本人はそんなことはあってはならないと思っているふしがどこかある。それゆえ、この国は多様性を受け入れるのが難しくなっているような気がしてならない(あくまで個人的な意見だが)。多様性というのは、いろいろな立場の人間それぞれが「自分はこれを正しいと信じている」という意見を持っていることである。人の数だけ〝正しさ〟があると言ってもよい。しかしどういうわけか日本の場合は――長い年月、単一に近い社会が続いてきたせいでもないだろうが――長く認められてきた〝正しさ〟に対して、それはおかしいだとか、いつまで同じことを繰り返すのだといった、異を唱える人間の意見を同調圧力によって封じ込める風潮があったのは否めない。

本書『無明』は、そういった日本的な〝正しさ〟――それも警察という、がちがちに固められた組織における習慣的な「決まり事」に対して一石を投じた作品と言っていいだろう。

これまでも繰り返し書いてきたことだが、主人公の樋口顕警部は警察の中では異色の部類に入る人物だ。揉め事が嫌いで、問題を起こさず、他人との摩擦を避けながら毎日を生きていこうとしている健気な中年男である。人が言い争っている姿を見るだけで、ひどく嫌な気分になるのだ。気が弱いからだと自分では思っている。敵を作ることも、誰かを傷つけることも、樋口がずっと避けてきた行為・行動だ。警察という少々特殊な社会の中で、波風を立てずに生きていきたい。日々、そう思いながら静かに静かに過ごしてきたのである。とはいえ、最後の最後ではこれだけは譲れないという、彼なりの「正義」があるのも確かだった。そんな樋口の性格が、本作では良きにつけ悪しきにつけ、自分の立場と仕事に多大な影響を及ぼすことになる。

　きっかけは、東洋新聞の女性記者が樋口を頼って持ちかけた相談だった。三日前に荒川の河川敷で発見された男子高校生の水死体が自殺と断定されたことに、遺族が疑問を持っているというのだ。別の事件の捜査本部が明けたばかりの樋口はその事案を知らなかったが、しかしそれは千住署の担当であり、ちゃんとした捜査がなされた上で判断したことでもある。その決定に対して、今さら口を挟めるはずもなかった。かりにそうしたとしたら、所轄がへそを曲げるのは目に見えていた。所轄にも捜査のプロとしてのプライドがあり、何よりも面《メン》子《ツ》がある。

　だが、そうは思いつつも樋口はなぜか気になり、藤本由美巡査部長とふたりだけで、その事案を慎重に洗い直していく。できるだけ人とは争わず、波風を立てないように生きていこうとしている樋口にしてみれば、こうした行動は、その信条とはおよそかけ離れたものであった。にもかかわらず、あえて事を荒立てるような独自の捜査を開始していくのだった。

これが樋口の――というよりも今野敏が固く守っている「規矩《きく》」なのだろうと思う。

どういうことかというと、彼は自分が書く警察小説の主人公に対して、こういう警察官がいてほしい、いればいいな、いやいなくちゃいけない……という理想の姿を託しているのだった。現実の警察官にはいろいろなタイプの人がいるだろうが、中でもコツコツと真面目に仕事をこなしている人を応援したい、そんな気持ちが詰まっているのだ。そしてその中心、ど真ん中にあるのが、警察官への希望と信頼の感情――言葉にするなら〝正義〟をまっとうしてもらいたいとの思いではなかったか。

とはいえ――だ。警察官の仕事は、一言でいえば社会正義を実現することである。そしてまた組織にあっては、まず存続することが正義であるとする。その大義名分の前では、個人の良識などはどこかに消し飛んでしまいかねないのだ。

正しいものに服従するというか、それに従うのは正しいことだ。言葉は悪いが、その中でも最も強いものに服従するのも必要なことであるかもしれない。パスカルは『パンセ』の中で、力を持たぬ正義は無力であり、正義を持たぬ力は暴力であると言っている。さらには力を持たぬ正義は悪人によって反撥《はんぱつ》、反抗され、正義を持たぬ力は批難、否定されるとも。だとするならば、正義と力の両方を共に兼ね備えなければならないのだろうか。そのためには、正しいものを強くするか、力強きものを正しくさせるかしなければならない。だがそこにこそ問題があった。正義はいくらでも論議されるが、力はもっと簡単に認められやすく、時には論議の必要もないくらいに容易に受け入れられることもある。その結果、どうなったか。力あるものが正しいとされるようになっていく……というのは極論すぎるだろうか。だが、本作にはそうした危惧が実際問題として提示されている。

たとえばこれはあくまで極論だが、警察という組織がその気になれば、社会正義の名のもとに、いかようにも罪を「でっち上げ」て、誰でも逮捕することができてしまう。前作『焦眉』は、まさにその危険性を覗かせてくれたものだった。実際に、かつては「転び公妨」といった強引なやり方もあったという。警察官が狙った人物のそばに行き、突き飛ばされたふりをして転ぶだとか、自らその人物に体当たりをして倒れるなどし、公務執行妨害罪を適用して逮捕するのだ。時に権力はこうしたことを平気で行い、それを恥じる素振りも見せないのだった。誤認逮捕、冤罪を生む要素はいつだって潜んでいるのである。そういうことを絶対に許してはいけない、と樋口は心の底から思っている。また同様に、他殺の痕があるにもかかわらず、それを無視したり、間違った捜査をしたり、あるいは無かったものとして隠蔽したりという行為も許せない。言ってみれば、実に単純明快で真っ直ぐな感情なのである。彼は警察組織の秩序もきわめて大切なものと思っている。だが、それと同じくらいに大切なものがあると信じてもいる。

真実を明らかにすることである。

そんな樋口を、深い付き合いのある捜査二課の氏家譲警部はただ一言「正義の味方」と評するのだった。

本書では、個人として絶対に譲れないその「正義」を敢然と貫こうとする樋口の姿が、何とも凜々しく描かれている。

千住署が自殺と断定した事案を、藤本巡査部長とふたりで洗い直していくことにした樋口は、すぐにおかしなことに気づくのだった。まず死体発見現場の状況や、首筋に引っかき傷があったという証言、生前には旅行を計画していたという家族の話、両足首を縛っていたロープの結び目……。さらには両親が司法解剖を求めたところ、千住署の刑事に断られた上に恫喝までされていたというのだ。次から次と出てくる疑問に、樋口はひそかにある確信を得ていくのだったが、そんな折に千住署からは我々の捜査にケチをつけるのかと猛反発を食らい、また本部の理事官までが介入してきて、この件からは手を引けと激しく叱責されるのだった。逆らうのなら懲戒免職だとの最後通牒まで口にされるのである。

しかし樋口はそうした組織論理を断固として拒否し、職を辞する覚悟でこの事案を自殺ではなく他殺だと訴えていく。いや、これが本当にカッコいいのだ。まさしくヒーロー、正義の味方なのである。

それからもうひとつ。本シリーズの特徴である家族小説の側面も、本作は際立っている。今回も、娘の照美が仕事を辞めるという事態をめぐって、父親としての対応を妻の恵子に迫られる場面が各所に散見できる。これもまた本シリーズならではというか、ここでしか味わえない家族の団欒《だんらん》――ひとつの理想となる家族形態がある。

小説とは、基本的に人と人との関係の中で生まれるドラマを描くものであろうが、それはいろいろな経験や経歴を持った人間と人間が出会ったときに起こる、さまざまな化学反応のごときものでもある。要は心の揺れ動きとその時々の心境の変化と言ってよい。今野敏は、それらのことをさりげない口調でさらりと描いて見せるのだ。本当に巧い作家だと思わざるを得ない。だからこそ素晴らしいのだ。

――文芸評論家

この作品は二〇二一年三月小社より刊行されたものです。

幻冬舎文庫

●好評既刊
[新装版]リオ
警視庁強行犯係・樋口顕
今野　敏

荻窪で起きたデートクラブのオーナー刺殺事件。捜査本部には現場から逃げる美少女がいたという情報が入る。警察幹部が少女の容疑を固めるが、樋口警部補だけが刑事の直感から潔白を信じる。

●好評既刊
[新装版]ビート
警視庁強行犯係・樋口顕
今野　敏

警視庁捜査二課の島崎は殺人事件を起こしたのは自分の息子ではないかと疑う。犯人を共に追う樋口は陰で苦悩する島崎に気づき……。捜査と家庭の間で葛藤する刑事を描く感涙必至の警察小説。

●好評既刊
廉恥
警視庁強行犯係・樋口顕
今野　敏

ストーカーによる殺人は、警察が仕立てた冤罪ではないのか？　そして組織と家庭の間で揺れ動く刑事は、その時何を思うのか。傑作警察小説「警視庁強行犯係・樋口顕」シリーズ、新章開幕!!

●好評既刊
回帰
警視庁強行犯係・樋口顕
今野　敏

車爆発事件が勃発し、警視庁刑事部は公安部と捜査するが主導権争いが起こる。捜査一課の樋口は次なるテロ情報を摑むが……。組織の狭間で己の正義を貫く刑事を描き切った警察小説の金字塔！

●好評既刊
焦眉
警視庁強行犯係・樋口顕
今野　敏

都内の刺殺事件で捜査一課の樋口の前に現れた地検特捜部の検事。情報提供を求めたうえ、自身が内偵中の野党議員の秘書を犯人と決めつけ……。組織の狭間で奮闘する刑事を描く傑作警察小説。

幻冬舎文庫

●最新刊
下級国民A
赤松利市

東日本大震災からの復興事業は金になる。持ち会社も家庭も破綻し、著者は再起を目指して仙台へ。だが待ち受けていたのは、危険な仕事に金銭搾取という過酷な世界だった——。衝撃エッセイ。

●最新刊
謎解き広報課
狙います、コンクール優勝!
天祢　涼

役所の広報紙を作るはめになった新藤結子。今日も少年野球や婚活ツアーの取材、広報コンクールと奔走するが、なぜか行く先々で謎に遭遇し……。大人気「謎解き広報課」シリーズ第二弾!

●最新刊
[新装版]暗礁(上)(下)
黒川博行

警察や極道と癒着する大手運送会社の巨額の裏金にシノギの匂いを嗅ぎつけるヤクザの桑原。彼に唆されて、建設コンサルタントの二宮も闇の金脈に近づく……。「疫病神」シリーズ、屈指の傑作。

●最新刊
グレートベイビー
新野剛志

美しきDJ鞠家は、自分の男根を切り落とした男に再会する。女を装いSEXに誘い復讐を果たすが——。今夜も〝グレートベイビー〟が渋谷を焼き尽くす。それは新世界の創造か、醜き世界の終焉か。

●最新刊
太陽の小箱
中條てい

「弟がどこで死んだか知りたいんです」。〝念力研究所〟の貼り紙に誘われ商店街事務所にやってきた少年・カオル。そこにいた中年男・オショさん、不登校少女・イオと真実を探す旅に。

幻冬舎文庫

●最新刊
メガバンク無限戦争
頭取・二瓶正平
波多野　聖

真面目さと優しさを武器に、専務にまで上り詰めた二瓶正平。だが突如、頭取に告げられたのは、無期限の休職処分だった。意気消沈した二瓶だったが……。「メガバンク」シリーズ最終巻！

●最新刊
ママはきみを殺したかもしれない
樋口美沙緒

手にかけたはずの息子が、目の前に――。今度こそ、私は絶対に〝いいママ〟になる。あの日仕事を選んでしまった後悔、報われない愛、亡き母の呪縛。「母と子」を描く、息もつかせぬ衝撃作。

●最新刊
罪の境界
薬丸　岳

フリーライターの溝口は、無差別通り魔事件の加害者に事件のノンフィクションを出したいと持ちかける。彼からの出版条件はただ一つ。自分を捨てた母親を捜し出すことだった。

●好評既刊
さあ、新しいステージへ！
毎日、ふと思う　帆帆子の日記22
浅見帆帆子

生まれ変わったように自分の視点を変えてみたら、次々願いが形になっていく。息子の成長とともに、親としての成長も感じる毎日と周囲で起こる出来事を包み隠さず描いた日記エッセイ。

●好評既刊
ぼくが生きてる、ふたつの世界
五十嵐　大

ろうの両親に育てられた「ぼく」は、ふつうに生きたいと逃げるように上京する。そこで自身が「コーダ（聴こえない親に育てられた、聴こえる子ども）」であると知り――。感動の実話。

幻冬舎文庫

●好評既刊
リボーン
五十嵐貴久

いくつもの死体を残し、謎の少女と逃走した雨宮リカを、警視庁は改めて複数の殺人容疑で指名手配した。一連のリカ事件に終止符を打つことはできるのか？「リカ・クロニクル」怒濤の完結篇！

●好評既刊
砂嵐に星屑
一穂ミチ

舞台は大阪のテレビ局。腫れ物扱いの独身女性アナ、ぬるく絶望している非正規AD……。一見華やかな世界の裏側で、それぞれの世代にそれぞれの悩みがある。前を向く勇気をくれる連作短編集。

●好評既刊
人生はどこでもドア
リヨンの14日間
稲垣えみ子

海外で暮らしてみたい――長年の夢を叶えるべくフランスへ。言葉はできないがマルシェで買い物。カフェでギャルソンの態度に一喜一憂。観光なし外食なしでも毎日がドキドキの旅エッセイ。

●好評既刊
破れ星、流れた
倉本　聰

防空壕の闇の中、家族で讃美歌を唄った。人生で一番、倖せな時間だった。姑息でナイーヴで、負けん気の強い少年が、戦前からの昭和の時代を逞しく生き抜いてきた。涙と笑いの倉本聰自伝。

●好評既刊
たんぽぽ球場の決戦
越谷オサム

元高校球児の大瀧鉄舟の元に集まったのは、野球で挫折経験ありの男女八人。すったもんだの果てに迎えた初の対外試合で、彼らはまさかの奇跡を起こすのか!?　読めば心が温かくなる傑作長編。

幻冬舎文庫

●好評既刊
怖ガラセ屋サン
澤村伊智

誰かを怖がらせて欲しい。戦慄させ、息の根を止めて欲しい。——そんな願いを叶えてくれる不思議な存在「怖ガラセ屋サン」が、あの手この手で、恐怖をナメた者たちを闇に引きずり込む！

●好評既刊
霧をはらう（上）（下）
雫井脩介

小児病棟で起きた点滴殺傷事件。物証がないまま逮捕されたのは、入院中の娘を懸命に看病していた母親だった。若手弁護士は無実を証明できるのか。感動と衝撃の結末に震える法廷サスペンス。

●好評既刊
帆立の詫び状
おっとっと編
新川帆立

三年で十冊の本を刊行してきた著者は、ある日突然頑張れなくなった。文芸業界、執筆スタイル、己の脳に至るまで様々な分析を試み辿り着いた現在地とは。笑えて泣ける、疲れた現代人必読の書。

●好評既刊
もどかしいほど静かなオルゴール店
瀧羽麻子

誰もが、心震わす記憶をしまい込んでいる。音楽が〝その扉〟を開ける奇跡の瞬間を、あなたは7度、この小説で見ることになる！「お客様の心の曲」が聞こえる不思議な店主が起こす、感動の物語。

●好評既刊
ダチョウはアホだが役に立つ
塚本康浩

家族が入れ替わっても気づかないアホさだが、卵にある抗体は感染症予防やがん治療、メタンガス削減に役立つ。ダチョウの面白すぎる生態から抗体の最新研究までわかる、爆笑科学エッセイ！

幻冬舎文庫

●好評既刊
作家刑事毒島の嘲笑
中山七里

右翼系雑誌を扱う出版社が放火された。思想犯のテロと見て現場に急行した公安の淡海は、作家兼業の刑事・毒島と事件を追うことに。テロは防げるのか？　毒舌刑事が社会の闇を斬るミステリー。

●好評既刊
神奈川県警「ヲタク」担当　細川春菜7
哀愁のウルトラセブン
鳴神響一

特撮番組の特技監督がカメラクレーンのアームで殺された事件の手がかりは、いずれもウルトラセブンに関連。特撮ヲタクの捜査協力員への面談を重ねる細川春菜が突き止めた意外な犯人像とは？

●好評既刊
コイモドリ
時をかける文学恋愛譚
浜口倫太郎

旅館を営む晴渡家の長男でタイムリープ能力をもつ時生は、女性にすぐ恋をする。ある日、客にひとめ惚れした時生は、彼女の悩みを解決するため過去へ飛ぶが……。笑って泣ける恋愛物語。

●好評既刊
終わりの歌が聴こえる
本城雅人

人気絶頂のさなかで逝った天才ギタリストの「伝説の死」。十九年ぶりに、その死の真相を二人の刑事が再捜査することとなった。事故死か殺人か――狂騒の旋律に掻き消された慟哭の真実とは？

●好評既刊
考えごとしたい旅
フィンランドとシナモンロール
益田ミリ

暮らすとしたらどの家に住みたいかを想像しながら散歩したり、色々なカフェを訪れて名物のシナモンロールを食べ比べしたり。食べて、歩いて、考えるフィンランド一人旅を綴ったエッセイ。

幻冬舎文庫

●好評既刊
降格刑事
松嶋智左

元警視の司馬礼二は、不祥事で出世株から転落したダメ刑事。ある日、新米刑事の犬川椋と女子大生失踪案件を追うことになるが、彼女はある秘密を抱えていたようで——。傑作警察ミステリー。

●好評既刊
ウェルカム・ホーム！
丸山正樹

特養老人ホーム「まほろば園」での仕事は毎日が謎解きのようだ。けれど僅かなヒントから答えを得た時、新米介護士の康介は仕事が少し好きになり……。声なき声を掬うあたたかな連作短編集。

●好評既刊
残照の頂
続・山女日記
湊かなえ

「ここは、再生の場所——」。日々の思いを嚙み締めながら、一歩一歩山を登る女たち。山頂から見える景色は過去を肯定し、これから行くべき道を教えてくれる。山々を舞台にした、感動連作。

●好評既刊
ムスコ物語
ヤマザキマリ

世界中で自由に生きる規格外な母の息子、デルスは〝世界転校〟を繰り返し、子供心は縦横無尽にかき乱され——。「地球の子供として生きてほしい」。母から息子へ。願い溢れる人間讃歌エッセイ。

●好評既刊
わかる直前
どくだみちゃんとふしばな10
吉本ばなな

耳に気持ちのいい会話が聞こえる時間こそ、心の養分。白シャツにおしっこをされても幸せだった、新しい子犬を迎えた日。日常に潜む疑問や喜びを再発見する大人気エッセイシリーズ第10弾。

無明《むみょう》

警視庁《けいしちょう》強行犯係《きょうこうはんがかり》・樋口顕《ひぐちあきら》

今野敏《こんのびん》

令和6年10月10日　初版発行

発行人――石原正康
編集人――高部真人
発行所――株式会社幻冬舎
〒151-0051東京都渋谷区千駄ヶ谷4-9-7
電話　03(5411)6222(営業)
　　　03(5411)6211(編集)
公式HP　https://www.gentosha.co.jp/
印刷・製本―中央精版印刷株式会社
装丁者――高橋雅之

幻冬舎文庫

ISBN978-4-344-43418-9　C0193　こ-7-9